ㅎ대중 처세어록

정민

푸르메

設扵其言擇扵其言著扵其

色之精者也詩又精扵文者也能

精也故材穷博求法穷古選遂

之而約之阮古矣而廢之阮物年

若俑則言精矣然小氣闖而神

尋之則之人則之人

경박한 세상을 나무라는 매운 가르침

세상이 어지럽다 보니 마음이 덩달아 헝클어진다. 시계視界가 흐려 앞길이 분명치 않다. 그때인들 달랐겠는가? 미망에 붙들리고 이욕에 사로잡혀 시비是非가 뒤바뀌고 소인이 날뛰기는 매일반이었을 것이다. 다만 그 혼탁함 속에서도 의리의 소재를 직시하고 올곧은 처세의 몸가짐을 잃지 않았던 그 마음과 만나고 싶어, 오늘도 나는 자꾸 옛 글 앞에서 서성인다.

이 책은 청성青城 성대중(成大中, 1732-1809)의 『청성잡기青城雜記』 가운데서 처세와 관련된 내용을 10개 주제, 120항목으로 간추린 것이다. 처신·화복·분별·행사·언행·군자·응보·성쇠·치란·시비 등을 주제어로 뽑았다. 어지러운 세상을 살아가는 몸가짐에 관한 내용이 대부분이어서 책 이름을 『성대중 처세어록』으로 붙였다.

『청성잡기』는 「췌언揣言」·「질언質言」·「성언醒言」으로 구성된 방대한 내용이다. 생활 속에서 그때그때 떠오른 단상과 직접 견문한 일화에서 미끄러져 나온 생각들을 비망기로 적어나갔다. 이 책에서는 「질언」과 「성언」 중에서 일부를 발췌하여, 주제로 갈라 글쓴이의 생각을 덧붙였다. 「질언」은 대구 형식을 빌어 촌철살인의 일깨움을 주는 글이다. 원문과 함께 읽어보면 그 맛이 한결 경쾌할 것이다. 「성언」은 적절한 예화와 인용을 바탕으로 사람들의 정신을 깨어나게 하는 글이 많다. 논리 전개가 날렵하고 행간이 깊다.

짤막한 경구를 통해 만나는 가르침은 때로 저도 몰래 무릎을 치게 하고, 즉시 눈앞의 현실과 겹쳐 읽게 만든다. 하지만 화두는 항상 세상이 아닌 나에게로 향해 있다. 남을 탓하고 세상을 허물하기 전에 나 자신의 가늠이 어떠해야 할지가 늘 먼저다. 그가 깨끗이 닦아둔 거울에 스스로를 비춰본다면 중심을 잃고 휩쓸리기 쉬운 복잡한 현실에서 좌표를 점검하고 방향을 살피는 데 보탬이 될 것이다.

원래 책에는 중간중간 이덕무가 남긴 평어가 있다. 예를 들어 성대중이 "성현은 가장 뜨거운 마음을 지녔다"고 말하면, 이덕무는 "나는 한 차례 이 말을 뒤집어 '영웅은 본래 차가운 눈을 가졌다'고 말하겠다"고 덧붙이는 식이다. 이 책에서는 싣지 못했지만 이 또한 읽는 재미가 있다.

성대중은 일반에게는 아직 낯선 이름이다. 그는 이덕무나 박제가와 한 시대에 활동했던 문인으로 신분은 서얼이었다. 22세에 생원시에 합격했고, 25세 때 정시庭試에 급제하여 임금의 칭찬을 받았다. 통신사로 일본에 가서도 시문으로 단연 두각을 보여 일본인의 찬사를 한 몸에 받았다. 교서관 교리로 규장각의 각종 편찬 사업에 두루 참여했다. 뛰어난 역량을 지녔음에도 벼슬은 고작 현감이나 군수에 그쳤다. 18세기의 쟁쟁한 문인들이 이렇듯 신분의 굴레 속에서 자신의 역량을 활짝 꽃 피우지 못한 채 지워져 잊혀지고 만 것은 참 애석한 일이다.

『청성잡기』는 한국고전번역원에서 지난 2006년 전체 글을 국역한 바 있다. 이 어록을 읽고 나서 그에 대해 관심이 생긴 독자라면 이 책을 더 읽어볼 것을 권한다. 돌이켜보니 그 사이에 꽤 여러 권의 어록집을 펴냈다. 지난 2007년 『다산어록청상』에 이어 푸르메에서 두번째로 이 책을 선보인다. 대방의 질정을 바란다.

2009년 새아침 황소 걸음을 다짐하며
정민

차례

분별

행사

行事

언행

言行

군자

君子

응보

應報

성쇠

치란

시비

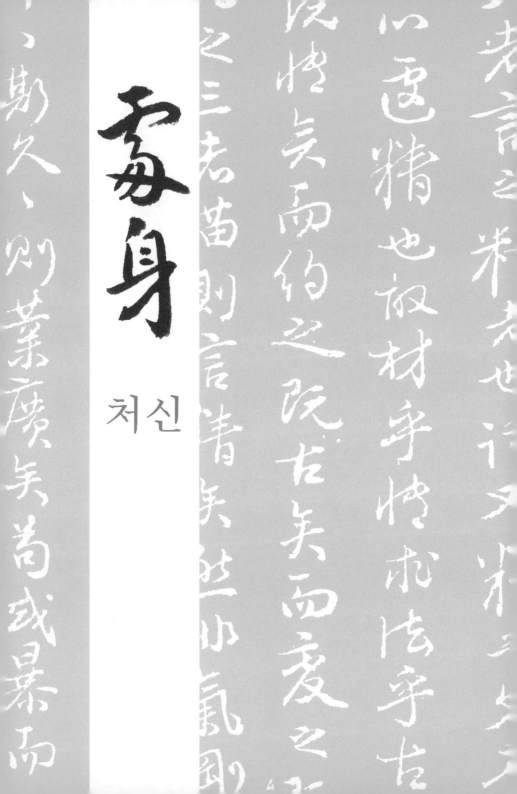

處身

처신

六中
虬龍
曰寧
至三

敦集序

甚忠發於甚言擇於甚善莫

섭생의 요체

몸은 늘 수고롭게 하고,
마음은 항상 편안하게 한다.
음식은 늘 간소하게 하고,
잠은 항상 편안하게 한다.
섭생의 요체는 이것을 벗어남이 없다.

體欲常勞, 心欲常逸, 食欲常簡, 睡欲常穩. 攝生之要, 無過於此.
─「質言」

열심히 일을 하니 배가 고파서 소박한 밥상도 입에 달다. 내가 노
력해서 결과를 거두니 마음에 잡스런 생각이 없고, 헛된 욕망이
깃들지 않는다. 쓸데없는 생각이 마음에 없게 되자 잠자리가 편
안하여 꿈꾸지 않고 잠을 잔다. 건강을 지키는 비결은 이것뿐이
다. 사람들은 거꾸로 한다. 몸은 편안하려고만 들고, 마음은 많은
궁리로 늘 수고롭다. 욕심 사납게 먹어치우고, 꿈자리는 항상 뒤
숭숭하다.

마음가짐

곤경에 처해서도 형통한 듯이 하고,
추한 것 보기를 어여쁜 듯이 하라.

處困如亨, 視醜如姸.
—「質言」

역경과 시련의 날에 비로소 그 그릇이 드러난다. 평소에는 다 좋
다가 작은 곤경 앞에서 속수무책으로 무너지는 것은 뜻이 연약해
서다. 툭 터진 사람에게 상황은 일희일비—喜—悲의 대상이 못 된
다. 싫고 미운 것 앞에서 감정을 쉬 드러내지 마라. 오히려 감싸
안아 보듬는 데서 무한한 의미가 생겨난다. 한때의 분노는 아무
나 할 수 있다. 하지만 그것을 가라앉혀 포용하는 도량은 아무나
할 수 있는 것이 아니다.

중간

몸가짐은 청탁淸濁의 사이에 있고,
집안을 다스림은 빈부貧富의 중간에 있다.
벼슬살이는 진퇴進退의 어름에 있고,
교제는 깊고 얕음의 가운데 있다.

行己在淸濁之間, 理家在貧富之間, 仕宦在進退之間, 交際在淺深之間.
―「質言」

몸가짐이 너무 맑으면 곁에 사람이 없다. 너무 탁하면 사람들이 천하게 본다. 너무 맑지도 않고 그렇다고 흐리지도 않게 처신하는 것이 옳다. 집안의 살림은 가난하지도 부유하지도 않은 조금 부족한 듯한 것이 낫다. 너무 가난하면 삶이 누추해지고, 너무 풍족하면 세상에 대해 교만을 떨게 된다. 벼슬길에 몸을 둔 사람은 언제라도 물러날 수 있다는 생각을 지녀야 한다. 설령 세상과 만나지 못해 재야에 있더라도 내일이라도 부르면 나아갈 수 있는 준비를 갖추는 것이 옳다. 벼슬에 있으면서 자리에 집착하니 못하는 짓이 없다. 재야에서 실력은 갖추지 않고 원망만 쌓고 있으면, 문득 기회가 주어졌을 때 오히려 그로 인해 패가망신하게 된다. 사귐의 이치도 다를 것이 없다. 너무 깊지도 않고, 너무 얄팍하지도 않은 거리가 필요하다. 속없이 다 내준다고 우정이 깊어지지 않는다. 이리저리 재고만 있으면 상대도 곁을 주지 않는다. 마음을 건네더라도 나의 주체를 세울 수 있는 지점까지만 허락하라. 하지만 이 '사이[間]'의 정확한 지점을 알기가 그리 쉽지가 않다. 공부가 필요하다.

심신과 사물

텅 빈 곳에 몸을 두고,
툭 터진 데 마음이 노닐면,
몸이 편안하고 마음이 넉넉해진다.
고요로써 사물을 부리고,
간결함으로 일을 처리하면,
사물이 평온해지고 일이 정돈된다.

置身於虛, 游心於曠, 則身安而心泰. 馭物以靜, 涖事以簡, 則物平而事定.
—「質言」

주변에 눈을 피곤하게 하는 너절한 물건들을 치운다. 구질구질한 생각들을 마음에서 거둔다. 그러자 불편하던 몸이 편안해지고 마음에 평화가 찾아왔다. 나를 에워싼 이런저런 일들로 머리가 지끈지끈 아프다. 일은 해도해도 끝이 없다. 그러려니 하고 조용히 하나하나 처리하고, 되도록 단순하게 생각하니, 그 많던 일들이 어느새 다 정리되었다. 생각은 마음이 짓는다. 마음에서 생각을 다스려 사물에 미루면, 내 마음으로 사물을 부릴 수가 있다.

못 배운 사람

귀해졌다고 교만을 떨고,
힘 좋다고 제멋대로 굴며,
늙었다고 힘이 쪽 빠지고,
궁하다고 초췌해지는 것은
모두 못 배운 사람이다.

貴而驕, 壯而肆, 老而衰, 窮而悴, 皆不學之人也.
―「醒言」

못난 놈들이 꼭 이렇다. 조금 살 만하면 건방을 떨고, 사치가 끝없다. 제 처지가 남보다 나을 성싶으면 으스대는 꼴을 봐줄 수가 없다. 그러다가 조금 힘이 빠지면 금세 의기소침해서 슬금슬금 남의 눈치나 본다. 형편이 조금 어려워지면 얼굴에 궁상이 바로 떠오른다. 비굴한 낯빛을 짓는다. 이런 것은 다 바탕 공부가 부족한 탓이다. 난관 앞에서도 의기소침하지 않고, 시련의 날에 더욱 굳건하며, 환난 앞에서 흔들림 없는 그런 정신은 어디에 있는가?

비교의 기준

음식이나 의복, 수레와 말, 거처는 저만 못한 쪽과 견주고,
덕행과 언어, 문학과 정사政事는 나은 쪽과 견준다.

飮食衣服輿馬居處, 下比. 德行言語文學政事, 上比.
―「質言」

목구멍만 넘어가면 다 똑같아지는 음식에 목숨 걸 것 없다. 옷이
야 낫고 말고를 따질 것이 못 된다. 좋은 차를 모는 것이 나의 격
을 높여주는 것은 아니다. 으리으리한 집에 산다고 사람까지 고
상하지는 않다. 이런 것들은 이 정도면 됐다 하는 마음으로 지내
는 것이 옳다. 하지만 덕행과 언어, 문학과 정사는 눈높이를 올려
잡아야 마땅하다. 나도 꼭 저렇게 되어야지 하는 마음과, 이를 뒷
받침하기 위한 노력이 맞물릴 때 사람은 또 한 단계 발전한다.

고요와 비움

고요하면 텅 비고,
텅 비면 밝아지며,
밝아지면 신령스럽다.
마음이 안정되니
신명이 와서 머문다.

靜則虛, 虛則明, 明則神. 泰字阮定, 神明來舍.
―「質言」

고요로 상념을 지우니 텅 빈 마음만 남았다. 마음이 텅 비자 사물
이 밝고 환하게 보인다. 마음이 환해지니 절로 신령이 깃들어 갈
길이 또렷하다. 소음 속에서 마음은 욕망으로 끓어오르고, 일렁이
는 욕망의 불꽃은 환한 빛에 그늘을 지운다. 그러자 눈앞이 캄캄
해져 아무 것도 분간할 수 없게 되었다. 마음이 차분히 가라앉아
야 신명神明이 내 안에 와서 깃든다. 고요히 비워 환하게 밝아지
고, 환하게 밝아져서 신령스러운 지혜를 내 안에 깃들이자.

진퇴

나아갈 때는 남의 도움을 받지 않고,
물러날 때는 남을 탓하지 않는다.

進不藉人, 退不尤人.

—「質言」

진취는 제 힘으로 이룩하고, 형편이 여의치 않으면 제 탓으로 돌
리며 물러나야 한다. 제 힘으로 나간 자리라야 깨끗이 물러날 수
가 있다. 돈 쓰고 빽 써서 어렵게 얻은 자리라면 결코 그렇게 하지
못한다. 연줄 연줄 닿아서 어렵게 한 자리 얻고 나면 간이라도 빼
줄 듯 속없이 군다. 제 실력으로 올라간 자리가 아닌지라, 윗 사람
비위 맞추기에 여념이 없다. 옳고 그름은 따질 여력도 없다. 그러
다가 자리에서 쫓겨나면 그렇게 충성을 바쳤는데 뒤를 봐주지 않
는다며 원망과 저주를 퍼붓는다. 끌어주는 사람은 단물만 빼먹고
버리고, 올라가는 사람도 적당히 이용만 하려들지 마음에서 우러
나는 존경이 없다. 겉은 굽실거려도 속으로는 두고 보자 한다. 진
퇴가 참으로 어렵다.

욕됨과 재앙

명예가 성대한 사람은
오직 거두어 물러나야 욕됨을 멀리할 수 있다.
부귀가 지극한 사람은
다만 겸손하고 공손해야 재앙을 면할 수 있다.

名譽盛者, 惟斂退可以遠辱, 富貴極者, 惟謙恭可以免禍.
一「醒言」

지나친 명예는 욕을 가져오고, 넘치는 부귀는 화를 부른다. 끝까지 누리려 들면 끝이 안 좋다. 절정에서 슬그머니 거두어 물러나고, 한창일 때 오히려 더 낮추어 겸손해야 맑은 이름이 오래간다. 짓이겨 끝장을 보려하면 결국 욕됨을 부르고 만다. 군림하여 교만한 끝에 반드시 재앙이 따라온다. 그때 가서 아뿔싸 해도 때는 이미 늦었다.

윗자리에 있으면서, 아랫사람이 자신을 공격하는 것을 명분으로 삼지 못하게 하고, 아랫자리에 있으면서, 윗사람이 자신을 꺾는 것을 위엄으로 여기지 못하게 한다면, 처세를 잘 했다고 할 만하다.

在上位, 無使下位攻之爲其名, 在下位, 無使上位折之爲其威. 則處世也幾矣. ─「質言」

윗사람의 처신이 어렵고, 아랫사람의 자리가 쉽지 않다. 윗사람이 바르게 처신하지 못하면 아랫사람에게 영이 서지 않는다. 마침내 아랫사람이 명분을 내세워 자신을 공격하는 지경까지 가면 안 된다. 아랫사람이 처신을 잘못해 만만하게 보이면 윗사람은 그를 능멸하여 짓밟는 것으로 제 권위를 세우려든다. 어느 경우든 조직의 기강은 무너져 보람을 기대할 수 없다. 아랫사람은 제 이름값을 하고, 윗사람은 제 위엄을 지켜, 서로를 존중하고 끌어주는 상하관계라야 조직이 살아나고, 효율이 배가된다.

자세

운명에 내맡김은 뜻을 떨치는 것만 같지 않다.
지난날을 한탄함은 미래를 위해 힘씀만 못하다.

任命不如勵志, 恨往不如勉來.
―「質言」

못난 인간이 꼭 운명 탓을 한다. 차라리 그 시간에 뜻을 굳건히 세
워 목표를 향해 첫 걸음을 뗌만 못하다. 이미 지나가버린 일을 한
탄하는 것은 백해무익하다. 도리어 그 안타까움을 간직해 미래를
준비하는 에너지로 써라. 가버린 날은 돌아오지 않는다. 미래는
깨어 준비하는 자의 소유다. 하늘을 원망할 일이 아니다. 자신을
돌아보면 된다.

생나무와 마른 나무

내가 한번은 강함을 좋아하는 자에게 말해주었다.
"그대는 마른 나무의 강함이 되지 말고, 생나무의 강함을 지니도
록 하게. 생나무의 강함은 휘면 부드럽고, 놓아두면 강하다네. 마
른 나무의 강함은 그저 부러질 뿐이지. 곤鯀의 강직함은 다만 마
른 나무일 뿐이고, 고윤高允의 강직함이야말로 생나무의 강함이
라네."

吾嘗語好剛者曰: "君無爲枯木之剛, 而爲生木之剛也. 生木之剛, 揉之則柔,
置之則剛. 枯木之剛, 折而已矣. 鯀之婞直, 直枯木耳, 高允之直, 乃生木之
剛也." —「醒言」

마른 나무는 딱딱하나 쉬 부러진다. 생나무는 부드럽지만 부러지지 않는다. 허세만 부리다가 제풀에 무너지고 마는 것은 마른 나무의 굳셈이다. 만만해 보여도 허튼 구석이 없는 것은 생나무의 강함이다. 곤鯀은 요임금 때 사람이다. 고집불통에다 성질이 사나워 제멋대로 굴었다. 요임금의 명령도 따르지 않았다. 보다 못한 순임금이 그를 우산羽山에 귀양 보내 죽였다. 북위北魏 사람 고윤高允은 어려서부터 여러 학문에 두루 통했다. 문성제文成帝는 그를 몹시 신망하여 감히 이름을 부르지 않았다. 다섯 임금을 두루 섬겼고, 50년 넘게 벼슬했다. 그는 늘 강직하게 바른말을 하며 제 자리를 지켰다. 어떤 굳셈이라야 하겠는가. 곤인가, 고윤인가?

禍福

화복

六中
虎龍
曰寧
至三

篆集序

甚忠叢於甚言擇於甚志基

禍
福

지나친 복

지극히 잘 다스려진 뒤에는 반드시 큰 혼란이 있다.
큰 풍년 뒤에 반드시 심한 흉년이 든다.
그런 까닭에 음식은 너무 기름진 것을 찾지 말고,
복은 지나치게 무거운 것을 택하지 말라.

至治之餘, 必有甚亂. 大豊之後, 必有過歉. 故求食毋腴, 擇福毋重.
―「質言」

태평성대가 오래가면 사람들이 타성에 젖는다. 큰 풍년에 신나서
흥청망청 하다보면, 준비 없이 흉년을 맞는다. 타성은 작은 어려
움도 못 견디게 만들고, 대비가 없으면 보통의 기근도 참기가 어
렵다. 음식은 조금 부족한 듯한 것이 좋다. 복은 늘 약간 부족한
듯이 누려라. 과식을 하면 체하게 되고, 지나친 복은 재앙을 불러
오는 빌미가 된다.

근면과 삼감

천하에 믿을 만한 것이 없다.
오직 근면함과 삼감만이 믿을 만하다.
하지만 이를 믿는다면 삼감이 아니요,
부지런함은 도리어 재앙이 된다.

天下無可恃, 惟勤謹爲可恃. 然恃之則非謹矣, 勤反爲災.
—「質言」

근면과 삼감은 나를 지켜주는 부적이다. 하지만 스스로 자신이
부지런하고 신중하다고 생각하는 순간 교만이 깃든다. 나는 근면
하니까 틀림없이 잘 될 거야, 나는 신중하니까 문제가 생기지 않
을거야 하는 마음속에 재앙이 스민다. 열심히 했는데 결과가 안
좋다면 부지런하지 않아서가 아니라 겸손하지 않았기 때문이다.
신중히 했는데 예측이 빗나가면 조심성이 부족해서가 아니라 그
조심성을 과신했기 때문이다. 자기 확신에 가득 찬 나머지 남들
을 불편하게 하는 사람들이 있다. 나처럼만 하라는 생각이 재앙
을 불러온다. 이만하면 됐다 싶은 근면과 삼감은 없다.

禍
福

사람의 서리

초목을 시들어 죽게 하는 것은 서리다. 하지만 시들어 죽게 하는 것은 거두어들이는 것이다. 사물이 어찌 길이 왕성할 수만 있겠는가. 그런 까닭에 초목에만 서리가 있지 않고 사람에게도 있다. 염병은 일반 백성의 서리다. 옥사로 국문하는 것은 사대부의 서리다. 흉년은 나라 절반에 해당하는 서리고, 전쟁은 온 나라에 내린 서리다. 사람에게 서리가 있음은 거두어들이는 것일 뿐 아니라, 하늘이 경고하여 위엄을 보이는 것인데, 교만하고 방종한 자는 이를 재촉한다.

草木之肅殺者, 霜也. 然肅殺所以收斂也. 物豈能長旺哉. 故非惟草木之有霜, 人亦有之. 癘疫編氓之霜也, 鞠獄搢紳之霜也, 凶荒半國之霜也, 兵燹擧國之霜也. 人之有霜, 匪惟收斂, 天以警威之也. 驕溢者, 速之.
—「醒言」

싹 터서 꽃피우고 열매 맺어 시든다. 영고성쇠의 한 사이클이 엄연하다. 서리 맞은 잎은 단풍이 들어 땅에 떨어진다. 뻗쳐오르던 기운을 조용히 거두어 원래 왔던 자리로 돌아간다. 언제고 오뉴월의 초록을 뽐내려 한다면 가을의 결실은 없다. 겨울의 기다림 없이는 봄날의 신록도 없다. 서리는 그러니까 이제 기운을 거두어 조용히 수렴할 때가 되었다는 신호다. 이런 신호는 사람에게도 전달된다. 염병이 돌고, 옥사에 휘말리며, 흉년이 들고, 전쟁이 일어나는 것은 인간의 서리다. 그간 너무 지나쳤다, 이제는 조금 더 낮추고 가만히 돌아볼 때가 되었다고 알리는 경고음이다. 교만하고 방종한 자들은 이 소리를 못 듣는다. 아직도 오뉴월인 줄 알고 설치다가 서리 맞아 하루아침에 시들고 만다. 준비 없이 얼어 죽는다.

福
福

풍년과 흉년

풍년이 흉년을 부르고, 귀한 집안이 재앙을 부르는 것은 모두 교만하고 분수에 넘쳤기 때문이다. 일반 백성들은 무지해서 한 두해 풍년이 들어 가난한 자도 능히 밥을 먹을 수 있게 되면 문득 자족해서 곡식을 흙처럼 천하게 보고, 술 마시고 내기하면서 호기를 다툰다. 입으로만 나불대고 손 놀리기를 게을리 하면서 두려워하고 꺼리는 것이 없다. 그렇게 하면 반드시 흉년이 뒤미처 온다. 대대로 벼슬하는 집은 문호가 번성해서 수레와 말이 골목을 메우고, 이런저런 선물이 사방에서 몰려든다. 자제와 종과 손님이 안팎으로 멋대로 방자하게 굴어도 모든 사람이 성을 내면서도 감히 말을 하지 못한다. 이렇게 되면 반드시 재앙이 뒤따라온다. 그런 까닭에 여러 해 풍년 끝에 닥친 재앙은 귀한 집안의 재앙과한 가지다. 큰 흉년이 없으려면 먼저 농가의 교만을 눌러야 하고, 큰 옥사가 없으려면 먼저 벼슬아치의 교만을 눌러야 한다.

樂歲招歉, 貴家招殃, 並惟驕盈之故也. 小民無知, 得一兩歲熟, 劣能給食,
則便自足也. 賤穀如土, 釀博爭豪, 逞口惰手, 略無畏忌, 則凶荒必隨之矣.
世祿之家, 門戶熾熱, 車馬盈巷, 餉遺四集. 子弟奴客, 內外橫恣, 舉世敢怒,
而不敢言, 則禍敗必隨之矣. 故屢豐之災, 與貴家之禍同. 欲無大歉, 先抑農

戶之驕, 欲無大獄, 先抑搢紳之驕. —「醒言」

교만이 재앙을 부른다. 방심에서 낭패가 온다. 잘 나갈 때 삼가
고, 좋을 때 조심해야 한다. 늘 깨어서 미리 준비하라. 조금 살 만
해졌다고 사치하고, 신분이 높아졌다고 건방을 떨면 금세 제자리
로 되돌아간다. 자리가 높아질수록 아랫사람 단속에 힘쓰고, 살
림이 넉넉해지면 더 검소할 것을 생각하라. 인간의 재앙은 스스
로 자초하는 것이 대부분이다. 방심하는 순간 재앙이 발목을 붙
든다. 교만에 빠질 때 상황이 걷잡을 수 없이 악화된다.

禍
福

지나침의 폐단

지나치게 청렴한 사람은
그 후손이 반드시 탐욕으로 몸을 망침이 있다.
너무 조용히 물러나 지내는 사람은
그 후손이 반드시 조급하게 나아가려다 몸을 망침이 있다.

過於淸白者, 其後必有以貪墨亡身, 過於恬退者, 其後必有以躁競亡身.
—「質言」

정도에 지나친 것이 늘 문제를 만든다. 가족들 끼니조차 잇지 못하게 하는 가난은 청빈이 아니다. 자기 앞가림도 못하면서 가족의 희생만 강요하면, 후손은 뻗나가서 탐욕으로 선대의 맑은 명성을 깎고 제 몸마저 망친다. 세상을 멀리하고 물러나 사는 것을 기뻐하는 것이 아름답지만, 저만 고고하자고 세상을 등지면 후손의 박탈감은 어찌 하는가? 그는 자신의 의지로 선택한 길이 아니므로, 자꾸 세상을 기웃대며 조급히 남과 경쟁하다가 제 발등을 찍는다. 내가 옳다고 믿는 것을 내 자식에게 강요하는 것은 옳지 않다. 그들이 자신의 삶을 선택할 수 있도록 길을 열어주는 것이 옳다.

禍
福

복의 등급

복에는 다섯 등급이 있으니, 오직 사람이 택하는 바에 달렸다.
닦은 것은 많은데 먹을 것이 없는 것이 가장 위다.
먹을 것이 부족한 경우는 그 다음이다.
먹을 것과 닦은 것이 비슷비슷한 것은 또 그 다음이다.
닦은 것이 부족한데 먹을 것이 넉넉한 것은 또 그 다음이다.
닦은 것은 없으면서 먹을 것이 풍족한 것은 또 그 다음이다.

福有五等, 惟人所擇. 豊其修而闕其食者爲上, 嗇食者次之. 食與修亢者, 又
次之. 修薄而食裕者, 又次之. 無所修而食之豊者, 又次之.
―「醒言」

선행을 많이 했는데 보답이 없는 것이 가장 낫다. 선행을 하나도 하지 않고 넉넉하게 사는 것은 가장 나쁘다. 사람들은 네번째와 다섯번째를 가장 복받은 삶이라고 부러워한다. 하지만 이것은 재앙에 가깝다. 내가 지은 복을 내가 누리는 법은 없다. 복은 저장되어 후대로 이어진다. 내 복으로 후손이 잘 살아야지, 내 복을 내가 다 깎아 먹어 후손에게 재앙을 안겨서야 되겠는가? 베푸는 것은 늘 넉넉하게, 누리는 것은 항상 부족한 듯이 하라. 아무 한 일도 없이 그저 누리는 삶을 두려워할 줄 알아야 한다. 재앙이 이미 발 밑에 와 있다.

禍福

배

만물은 전체가 모두 채워져 있는데, 유독 배만은 비어 있어 음식을 먹어야만 채워진다. 그러나 하루에도 반드시 두 번은 먹어야 한다. 아침에 채운 것은 저녁이면 비고, 저녁에 채운 것은 아침이면 빈다. 부드러운 음식이나 딱딱한 음식이나 모두 배에 들어간다. 독해서 먹을 수 없는 것은 약을 써서 병을 치료한다. 강한 것도 먹어치우고 약한 것도 먹어치워, 차례로 세상 재앙의 으뜸이 되는 것은 배만한 것이 없다. 하지만 조화의 자루도 실로 여기에 달려 있다. 배가 없다면 하늘이 어찌 사람을 부리고, 임금이 어찌 백성을 부리겠는가? 열자가 말했다. "사람이 입고 먹지 못하면 임금과 신하의 도리는 끊어진다." 어찌 다만 임금과 신하만이겠는가? 오륜의 도리도 다 끊어지고 만다. 어찌 저 새 짐승을 보지 않는가. 무리지어 살고 짝지어 지낼 뿐이다.

萬物全體皆實. 而惟腹虛, 待食而充. 然一日必再食, 朝而實者, 夕而虛, 夕而實者, 朝而虛. 物之柔鞕, 並入於此. 毒不可餌者, 藥以醫病. 强餐弱餌, 迭爲世殃禍首, 莫如腹也. 然造化之權柄, 實在於此. 無此. 天何以馭人, 君何以馭民哉. 列子曰: "人不衣食, 君臣道息." 何獨君臣哉. 五倫道並息也. 盍觀之禽獸, 群居匹處而已. —「醒言」

채워도 돌아서면 비는 것이 배다. 끼니 때 돌아오는 것이 무섭다. 한 끼라도 굶으면 큰 일이라도 날 것 같다. 하루를 굶으면 눈에 보이는 것이 없어진다. 못 먹는 것이 없고 안 먹는 것이 없다. 독한 것은 약을 먹어가면서 먹어치운다. 세상 만물이 이 배로 인해 받는 재앙이 이만저만이 아니다. 하지만 인간은 일단 배가 불러야 사는 존재다. 도리를 알고 윤리를 알아도 배가 고프면 소용이 없다. 내 배가 비면 위 아래도 없고, 예의도 없어진다. 저 새 짐승이 무리지어 사는 까닭도 실은 배를 채우는 데 그것이 더 유리하기 때문이다. 먹고 사는 문제의 해결 없이는 아무것도 할 수가 없다.

禍
福

축원과 저주

부자에게 아들 많기를 축원하고, 귀한 사람에게 권세가 성해지기를 비는 것, 이름난 사람에게 벼슬이 높아질 것을 빌어주고, 복 많은 사람에게 장수를 축복해주는 것은 모두 저주하는 것이지 축원해주는 것이 아니다. 부자인데 아들이 많게 되면 혼사가 다 끝나기도 전에 재물이 벌써 축난다. 형제가 많으면 밖으로 거리낌이 없어 술 마시고 노름하고 싸움박질이나 해서 집안 또한 따라서 거덜난다. 귀한데 권세마저 성하게 되면 10년이 채 못 되어 재앙이 한꺼번에 이른다. 명망이 있는데 지위까지 높아지면 처음엔 의심이 이르고, 중간엔 비방이 몰려들다가, 끝내는 모욕이 들이닥쳐서 명예마저 스러지고 만다. 복이 있는데 장수까지 누리면, 아내를 곡하고 자식을 잃으며, 심지어 손주를 장사 지내기까지 하여, 복이 변하여 재앙이 된다. 이는 모두 변함없는 이치다.

祝富人以多男, 祝貴人以盛權, 祝名人以尊爵, 祝福人以遐壽, 皆詛也, 非祈也. 富而多男, 婚娶未訖, 財已損矣. 兄弟衆多, 外無畏忌, 醵博鬪狠, 家亦隨毁. 貴而權盛, 未及十年, 災禍立至. 名而尊爵, 始焉疑至, 中焉謗集, 卒之詈辱交萃, 名遂盡矣 福而遐壽, 哭妻喪子, 甚或葬孫, 福變爲殃, 竝理之常也.
—「醒言」

부귀와 명예와 수명은 아껴 누리는 것이 옳다. 이것저것 다 가지려다가는 마침내 끝이 좋지 않다. 많은 재산 때문에 자식들 사이에 분란이 생긴다. 드높은 권세는 자식들의 교만과 방종을 불러 패가망신을 앞당긴다. 지나친 명성과 높은 지위는 비방의 표적이 되어 공연한 화를 부른다. 아깝다 싶을 때 떠나면 애도가 깊어도, 자식 앞세우고 건강마저 잃은 채 자리 보전하고 누운 장수長壽는 차라리 재앙이다. 그런데 정도를 넘어서지 않는 그 지점을 알기가 참 어렵다.

禍
福   장단과 화복

장점이 도리어 단점이 되고, 복이 외려 화가 되며, 득이 오히려
실이 되는 경우가 있다. 잘하는 바에 피곤한 것이 단점이 아니겠
는가? 복이 지나치면 재앙을 낳게 되니 화가 아니겠는가? 오나라
부차夫差가 나라를 잃고, 진秦 나라가 천하를 잃은 것은 모두 갑작
스레 얻었기 때문이니, 득이 실이 된 것이 아니겠는가? 단점이 장
점이 되고, 화가 복으로 되며, 실이 득으로 되는 경우도 있다. 어
진 이를 스승 삼고, 유능한 이에게 양보하니, 이보다 나을 수가
있겠는가? 화가 이르렀을 때 두려워하면 복이 반드시 돌아오게
된다. 실패를 인하여 성공하는 자가 많으니, 잃음에서 얻은 것이
아니겠는가?

長反爲短, 福反爲禍, 得反爲失者, 有之. 困於所長, 非短耶. 過福生災, 非禍
耶. 夫差之失國, 秦之失天下, 並有其得之暴也, 得不爲失耶. 短反爲長, 禍
反爲福, 失反爲得者, 有之. 師賢讓能, 長孰甚焉. 禍至而懼, 福必歸之. 因敗
而爲功者, 多矣. 非得之於失耶.
―「醒言」

장단과 화복과 득실은 서로 쳇바퀴 돌듯 맞물려 돈다. 장점을 단점으로 만들고, 복을 화로 돌리며, 득을 실과 맞바꾸면 망한다. 단점을 고쳐 장점으로 삼고, 재앙을 돌려 복으로 바꾸며, 다 잃었다가 다시 얻으면 크게 흥한다. 작은 성취에 만족하면 작은 시련 앞에 쉽게 주저앉는다. 큰 시련을 딛고 일어서야 비로소 큰일을 할 수가 있다. 화복과 득실 앞에 이랬다저랬다 할 일이 아니다. 마음에 의연함을 깃들여야 한다.

禍
福
　　　　　　　　　　　　　　화복의 선택

『國語』의 「진어晉語」에서 말했다. "복을 택함은 무거운 것이 가장
좋고, 화를 택함은 가벼운 것이 가장 좋다." 화를 면할 수 없다면
진실로 가벼운 쪽을 택하는 것이 마땅하나, 무겁다 해도 또한 피
할 수는 없다. 운명에 내맡길 뿐 어찌 택할 수가 있겠는가. 복을
택함에 무겁게 하려하는 것은 진실로 늘상 원하는 바다. 하지만
무거운 복이 뒤집히게 되면 화 또한 반드시 클 것이다. 그저 앉아
서 기다려야 한다. 진실로 택할 수 있다면 또한 마땅히 가벼운 쪽
을 택해야지 무거운 쪽을 택해서는 안 된다.

語曰: "擇福莫若重, 擇禍莫若輕." 禍不可免, 則固宜擇輕, 重亦不可避也,
任命而已, 安事乎擇. 擇福欲重, 固常願也. 然重福之反, 禍亦必重. 可坐俟
也. 苟可擇也, 亦宜輕, 不宜重.
―「醒言」

좋은 것은 혼자 다 갖고, 나쁜 것은 멀리하려는 것이 보통 사람의 마음이다. 하지만 인간의 화복은 예측할 수 없으니, 늘 평정한 마음으로 들락거리는 화복을 맞이하고 보냄이 옳다. 큰 화를 면하려면 복은 조금 아껴두어야 한다. 누릴 것을 다 누리고 피할 것 다 피하는 길은 없다. 큰 복 끝에 큰 재앙이 닥친다. 옛 사람은 석복惜福이라 하여 제 복을 조금 아껴 끝까지 누리지 않고 늘 남겨 두었다. 제 복을 다 깎아 쓰고 나면 장차 닥칠 큰 재앙을 막을 방법이 없다.

禍
福

화복과 득실

화복은 자기에게 달렸고,
득실은 하늘에 달렸다.

禍福在己, 得失在天.
—「質言」

인간의 화와 복은 자기가 짓는 대로 따라오는 것이다. 재앙을 부르는 행동을 하고서 복이 오기를 바랄 수 없다. 복을 짓는 행동에 재앙이 닥치는 법이 없다. 하지만 득실은 또 다른 문제다. 정성을 다해 노력해도 얻지 못하는 수가 있고, 그저 가만히 있었는데도 절로 얻는 수도 있다. 이것은 하늘에 달린 일이니, 공연히 세상을 원망하고 하늘에 푸념해서는 안 된다. 내 할 도리를 다하고 조용히 하늘의 뜻을 기다리는 것뿐이다. 화복과 득실, 이 두 가지의 소종래를 잘 구분하면 세상을 사는 지혜가 보인다. 이것을 혼동하면 세상살이가 참 피곤해진다.

禍
福

성쇠와 화복

성대함은 쇠퇴의 조짐이다.
복은 재앙의 바탕이다.
쇠함이 없으려면 큰 성대함에 처하지 말라.
화가 없으려면 큰 복을 구하지 말라.

盛者衰之候, 福者禍之本. 欲無衰, 無處極盛, 欲無禍, 無求大福.
―「質言」

보름달 이후로는 초승달까지 내내 기운다. 그믐까지 가서 다 비
우고 나야 다시 차오를 수가 있다. 성대할 때 복을 아껴야 재앙을
멀리하고 쇠퇴를 부르지 않는다. 성대할 때 으스대면 제 복을 다
깎아 재앙을 부른다. 성대함에 처하더라도 약간 부족한 듯하게
여지를 둘 일이다. 복을 누리되 한껏 누리지 말고 조금 아쉬운 듯
아껴야 한다. 끝까지 가면 단지 파국이 기다린다.

分別

분별

分別

착시

나약함은 어진 것처럼 보이고,
잔인함은 의로움과 혼동된다.
욕심 사나운 것은 성실함과 헛갈리고,
망녕됨은 곧음과 비슷하다.

懦疑於仁, 忍疑於義, 慾疑於誠, 妄疑於直.
—「質言」

속도 없이 물러터진 것과 어진 것은 다르다. 원리원칙을 지킨다며 남을 괴롭히고 융통성 없이 구는 것은 의로운 것이 아니라 잔인한 것이다. 나 아니면 안 된다고 모든 일 그러쥐고 욕심 사납게 구는 것을 성실함이라고 착각하는 이가 의외로 많다. 나설 자리안 나설 자리 구분 못하고 아무 때나 중뿔나게 나서 헛소리하는 것을 강직하다고 말하면 곤란하다. 나약함과 어짐, 잔인함과 의로움, 욕심과 성실, 망녕됨과 곧음은 겉모습이 비슷해도 알맹이가 다르다. 대부분 조직의 문제는 이 둘을 착각하는 데서 생긴다. 나약함을 어짊과 혼동하면 기회를 놓치고 만다. 잔인함과 의로움을 구분 못하면 아래 사람이 괴롭다. 욕심을 성실과 착각하면 나는 죽어라 일만 하는데 남들은 논다고 푸념하게 된다. 망녕됨과 곧음을 잘 분간해야 그 말에 힘이 실리고 행동에 신뢰가 쌓인다.

分別   차이

청렴하되 각박하지 않고,
화합하되 휩쓸리지 않는다.
엄격하되 잔인하지 않고
너그럽되 느슨하지 않는다.

淸而不刻, 和而不蕩, 嚴而不殘, 寬而不弛.
―「質言」

항상 비슷해 보이나 전혀 다른 것을 분간하는 것이 문제다. 맑은
처신은 대체로 저만 잘났다고 생각하는 각박함으로 귀결된다. 내
가 청렴한 것도 좋지만 그것으로 남을 탁하다고 내몰면 안 된다.
조화롭게 품어 안는 것과 한통속이 되어 휩쓸리는 것은 확실히
다르다. 하지만 좋은게 좋다 보면 나중엔 하향 평준화가 되니 문
제다. 기준을 세워 엄격해야 마땅하나, 남에게 못할 짓을 해서는
안 된다. 내게는 엄격하고, 남에게는 너그러운 것이 순리다. 품이
넉넉해야 하지만 물러터진 것과 혼동하면 못 쓴다. 관대한 것과
줏대 없는 것은 같지 않다.

分別

기상과 학문

뜻과 기운은 올려다보듯 하여
마땅히 높고 멀리 해야 한다.
학문은 걸어가는 것처럼 해서
낮고 가까운 것을 먼저한다.

志氣猶視瞻也, 宜高遠, 學問猶行步也, 先卑近.
—「質言」

뜻은 높게 공부는 찬찬히. 이것이 처음 공부를 시작하는 사람의
마음가짐이다. 공부는 낮은 자리에서 차근차근 시작해서 하나하
나 단계를 밟아 올라가야 한다. 하지만 기상은 높고 커야지 작은
성취에 만족하거나 안주하면 안 된다. 겨우 취직해서 돈이나 벌
고, 땅 사서 잘 먹고 잘 사는 것을 공부의 목표로 삼는 데서야 말
이 되는가? 하지만 뜻이 아무리 높고 커도 공부는 차례를 건너 뛸
수 없다는 점을 잊어서는 안 된다.

今別

왜곡

오늘날 여색을 탐하는 자는 늘상 천리로 인욕人慾을 핑계댄다. 어떤 이는 말한다. "식욕과 성욕은 본성이다. 사람이 하루에 두 끼를 못 먹고 밤에 계집 하나를 품지 못하면 사람 구실을 한다고 할 수 있겠는가?" 어떤 이는 말한다. "정욕은 마음에서 나오는 것이다. 여색을 절제하여 마음을 속인대서야 되겠는가?" 창녀 또한 각자 저마다의 논리가 있어 이렇게 말한다. "부모가 준 몸을 팔아 부모의 몸을 먹이는 것이 무에 나쁜가?" 세상에서 어거지로 경전을 해석해서 의리를 왜곡하는 자는 모두 이러한 부류에 견줄 만하다.

今之殉色者, 專以天理濟人慾也. 或曰："食色性也. 人而不日再食夜一妹, 則其可曰人職哉." 或曰："情慾心之發也. 節色而欺心, 可乎?" 娼流亦各有義理焉, 乃曰："販父母之體, 飼父母之體, 不亦可乎?" 世之强解經典, 曲成義理者, 皆此比也. ―「醒言」

군자는 교언영색巧言令色을 가장 혐오한다. 말만 번드르하고 행실이 따르지 못하는 것이 가장 큰 문제다. 논리야 어떻게든 만들 수가 있다. 구실은 아무렇게 붙일 수가 있다. 남들이 할 때는 팔을 걷고 욕하다가, 막상 자기가 하게 되면 그럴듯한 구실로 합리화한다. 처음엔 '그럴 수밖에 없었어'라고 하다가, 나중엔 성을 벌컥 내며 '그게 뭐가 어때서?' 한다. 하지만 더 나쁜 것은 뻔히 아닌 줄 알면서 한번 튀어 보려고 억지소리를 하며 우기는 것이다.

別 착각

송나라 조형晁迵이 『객어客語』에서 말했다.
"오만함을 고상하다 하고, 아첨을 예의로 여기며, 각박함을 총명
함으로 착각하고, 용렬함을 관대함으로 생각하는 것은 모두 잘못
이다."
이 말이 후세의 폐단에 아주 꼭 맞는다.

宋晁迵客語曰: "以簡傲爲高, 以諂諛爲禮, 以刻薄爲聰明, 以闒茸爲寬大,
胥失之矣." 此語深中後世之弊.
─「醒言」

남에게 뻣뻣이 구는 것은 건방진 것이지 고상함과는 거리가 멀다.
윗사람 입맛에 맞는 말만 하고, 좋아할 일만 골라서 하는 것은 아
첨이지 예의와는 아무 상관이 없다. 융통성 없이 원리원칙만 내세
우면서 똑똑한 줄 알지만 사실은 각박한 것이다. 판단을 제대로
못해 흐리멍덩하게 넘어가면서 스스로 품이 넓다고 흐뭇해한다
면 관대한 것이 아니라 명청한 것이다. 이 비슷한 두 가지를 잘 분
간하는 일이 중요하다. 저 좋은 쪽으로 착각하지 않아야 한다.

分別   선택

술 마시기를 즐기는 자는 좋은 술과 나쁜 술을 가리지 않는다.
여색을 좋아하는 자는 예쁜지 추한지를 따지지 않는다.
재물에 목매는 자는 귀하고 천함을 가리지 않는다.
부지런히 책 읽는 자는 어렵고 쉽고를 가르지 않는다.
선비를 좋아하는 사람은 멀고 가깝고를 구분하지 않는다.

嗜飮者, 不擇醇薄, 好色者, 不擇美醜. 殉貨者, 不擇貴賤, 劬書者, 不擇難
易. 喜士者, 不擇疎眤. —「質言」

종류를 따지는 것은 훌륭한 술꾼이 아니다. 호색한은 미인에게만
눈길을 주지 않는다. 내게 돈이 된다면 상대가 귀하든 천하든 아
무 상관이 없다. 책이 좋아 늘 책을 가까이하는 사람에게 내용이
어렵고 쉽고는 크게 문제되지 않는다. 그가 올바른 선비라면 평
소 친하고 멀고가 무슨 상관이 있겠는가. 무언가를 깊이 사랑하
면 따지지 않게 된다. 무조건 좋아하게 된다. 나는 무엇을 깊이
사랑할까? 미인인가, 재물인가, 아니면 독서인가?

分別

혼동

안숙화가 말했다.

재물을 탐하고 여색을 좋아함은 인仁의 폐단이다.

잔인하고 각박한 행동은 의義의 폐단이다.

교묘한 말과 아첨하는 낯빛은 예禮의 폐단이다.

권모를 쓰고 술수를 부리는 것은 지智의 폐단이다.

고집을 부리고 편벽되게 행동하는 것은 신信의 폐단이다.

安叔華曰: "貪財好色, 仁之弊, 殘忍薄行, 義之弊. 巧言令色, 禮之弊, 權謀
術數, 智之弊. 固執僻行, 信之弊."

ㅡ「質言」

재물의 이익을 밝혀 불의를 눈감아주고, 사람 좋은 체하며 여색을 밝히는 것은 어진 것이 아니라 탐욕스러운 것이다. 원리원칙을 지킨다면서 남에게 못할 짓을 하고, 올곧은 것과 야박한 것을 구분 못하는 것은 의로움이 아니라 못된 것이다. 경우를 잘 아는 것과 교묘한 말로 합리화하는 것을 혼동하고, 예모를 갖추는 것과 아첨을 착각하는 것은 예의에 밝은 것이 아니라 간사한 것이다. 해서는 안 될 일을 권모술수를 부려 되게 하는 것은 지혜로운 것이 아니라 사특한 것이다. 공연히 되지 않게 울뚝밸을 부리고, 유별나게 행동하면서 이를 신의와 구별 못하는 것은 믿음성 있는 것이 아니라 못난 것이다.

分別

경중

사대부가 세 가지의 경중을 능히 구분할 수 있다면 훌륭하다 할
만하다.
명예와 절개를 중히 여기면 부귀는 가볍게 된다.
도덕과 의리를 무거이 하면 문장은 아무것도 아니다.
성명性命을 우선하면 재화나 여색 같은 것은 우습다.

士大夫能知輕重之分者三, 則幾矣. 名節重則富貴輕, 道義重則文章輕, 性
命重則貨色輕. ―「質言」

명예와 절개를 세울 수만 있다면 그까짓 부귀영화는 아무것도 아니다. 인간의 길을 뚜벅뚜벅 걷는 것이 글 잘한다는 명성을 듣는 것보다 백배 낫다. 사람의 도리와 천명에 귀를 기울인다면 재물이나 여색 같은 것은 눈에 들어오지도 않는다. 반대로 부귀에 목을 매면 명예와 절개는 저만치 멀어진다. 문장으로 이름을 얻으려는 사람은 도덕과 의리를 우습게 본다. 재화와 여색에 빠진 사람은 천명이니 인성人性이니 하는 말을 귓등으로 흘린다. 경중의 구분은 사소하지만 그 결과는 서로 거리가 멀다.

分
別

세 등급

따르면 좋아하고 거스르면 성내는 것은 사람의 상정이다.
따르면 좋아하고 거슬러도 성내지 않는 것은 남보다 한 등급 높
은 사람이다. 사물을 이롭게 하고, 백성을 기를 수 있다.
따라도 기뻐하지 않고, 거슬러도 성내지 않는 것은 지극한 사람
이다. 군대의 장수나 백성을 다스리는 목민관이 될 만하다.

順之則喜, 怫之則怒, 常情也. 順之則喜, 怫之而不怒, 高人一等者也, 可以
利物, 可以長民. 順之而不喜, 怫之而不怒者, 至人也. 可以爲軍師, 可以爲
民牧也. -「醒言」

제 편만 좋아하니 유유상종類類相從이 된다. 생각이 다르면 공격
하니 동당벌이同黨伐異라 한다. 결국 고만고만한 자들이 끼리끼리
모여서 그렇고 그런 궁리만 하다가 큰일을 그르치고 만다. 제 편
을 감싸면서 다른 편을 포용하는 것은 어진 이의 행동이다. 하지
만 남의 위에 우뚝 서서 큰일을 맡은 사람의 마음속에는 이미 내
편 네 편의 구분이 사라지고 없다.

分別

용렬함과 방탕함

성색聲色을 멀리하는 자를 속된 선비들은 욕을 한다. 하지만 눈이 인색한 것에 지나지 않을 뿐이니, 방탕한 자보다 낫지 않겠는가. 벼슬길에 졸렬한 자를 시속의 무리들은 업신여긴다. 하지만 눈이 용렬한 것에 지나지 않을 뿐이니, 탐욕스런 자보다는 낫지 않겠는가?

遠聲色者, 俗士誚之, 不過目之吝爾, 不猶賢於蕩子耶. 拙仕宦者, 時輩侮之, 不過目之庸爾, 不猶賢於鄙夫耶. —「醒言」

여색을 멀리하면 도대체 풍류를 모른다고 손가락질한다. 일처리가 익숙지 못하면 무능력하다고 욕을 한다. 하지만 풍류를 모르는 것이 방탕한 생활로 제 인생을 망치는 것보다 백배 낫다. 일 처리가 다소 미숙해도 욕심을 부리다가 몸을 더럽히는 자보다는 훨씬 낫다. 여색을 밝히는 것을 풍류와 혼동하고, 허욕 부리는 것을 능력과 착각하지 마라. 나 하나 못나고, 나 하나 부족한 것은 피해가 내 개인에 머물고 말지만, 인간이 방탕하고 욕심 사나운 것은 제 몸만 망치지 않고 집안과 나라에 해를 끼친다.

사람과 짐승

사람이 짐승만 못한 점이 많다. 짐승은 암수가 교합하는 데 때가 있지만, 사람은 때를 가리지 않는다. 짐승은 그 무리가 죽는 것을 보면 슬퍼하나, 사람은 남을 죽이고도 통쾌하게 여기는 자가 있다. 혹 그 화를 다행으로 여겨 그 지위를 빼앗기도 한다. 짐승이라면 이를 즐겨 하겠는가? 도리어 화가 미치는 것이 마땅하다.

人之不如禽獸者多. 禽獸之交合有時, 而人則無時. 禽獸見其類死則悲, 而人則殺人而以爲快者有之, 乃或幸其禍, 而奪其位也. 禽獸肯爲此哉. 宜禍之反及之也. ―「醒言」

사람이 짐승의 마음을 지니면 훨씬 사람답게 살 법하다. 인간은 시도 때도 없이 들끓어 오르는 탐욕을 절제할 줄 모른다. 성욕만 해도 그렇다. 짐승은 번식을 위해 교미하지만, 인간은 쾌락을 위해 교합한다. 그리하여 건강을 해치고 정신을 시들게 한다. 짐승은 제 무리의 죽음을 슬퍼하건만, 인간은 남의 것을 빼앗고, 남의 불행을 기뻐하며, 심지어 남을 죽이면서도 오히려 통쾌하게 여기기까지 한다. 짐승만도 못한 짓을 서슴치 않으면서 만물의 영장이라 한다. 인간의 재앙이란 사람이 스스로 불러온 것이 대부분이다.

分別

도둑

공자께서 말씀하셨다.
"겉으로는 굳세나 속이 여린 것은 다만 벽을 뚫고 담을 넘는 도적
이다."
맹자께서 말씀하셨다.
"말할 수 있는데도 더불어 말하지 않는 것은 말하지 않음으로 아
첨하려는 것이다. 말할 만한 것이 못 되는데도 더불어 말하는 것
은 말함으로써 아첨하려는 것이다. 이것은 모두 벽을 뚫고 담을
넘는 도둑의 부류이다."
두 성인의 말씀은 똑같이 미혹됨을 비춰주는 거울이다.
주자는 이렇게 말했다.
"독서한 도적이요, 거칠고 노둔한 군자다."
그 가르침이 더욱 친절하니, 바로 주자가 말한 회자劊子의 수단이
라는 것이다.

孔子曰: "色厲而內荏, 其惟穿窬之盜也與." 孟子曰: "可與言而不與之言,
是以不言餂之也. 不可與言而與之言, 是以言餂之也. 是皆穿窬之類也." 兩
聖之言, 同一照魅鏡也. 朱子則曰: "讀書底盜賊, 麤鹵底君子." 其爲訓也,
較益親切, 正朱子所謂劊子手段也. —「醒言」

겉으로는 짐짓 굳센 척 큰소리를 치면서도 속은 물러터져 전전긍긍하는 사람은 도둑놈이다. 공자의 말씀이다. 말해야 할 때 침묵하고, 입을 다물어야 할 때 떠드는 것은 아첨에 뜻이 있으니 이런 인간은 모두 도둑놈이다. 맹자의 말씀이다. 책 읽은 도둑보다 투박한 군자가 더 낫다. 주자의 말씀이다. 다 겉 다르고 속 다른 것에 대한 경계를 담았다. 큰소리치다가 막상 유사시에는 잔뜩 움츠러든다. 꼭 말해야 할 일에 대해서는 모른체 입을 다물고, 말해서는 안 될 장면에서는 찰싹 붙어 말을 한다. 불의를 모른체하고 못 본 척하면 내게 이익이 있고, 남이 외면할 때 내가 말을 건네면 상대가 좋아할 것이기 때문이다. 책을 많이 읽었다는 사람은 어떻게 해서든 자신을 합리화하려 드니 도둑에 가깝고, 거칠고 투박한 사람은 속마음을 숨길 줄 모르니 오히려 군자가 된다. 회자는 사형수의 목을 베는 희광이를 일컫는 말이다. 번지르르한 말로 불의를 합리화하기 좋아하는 자들의 목을 단칼에 떨구는 정신이 번쩍 드는 말씀이다.

行事

행사

行
事

네 가지 자질

기미幾微로 이치를 밝히고,
현명함으로 의심을 꺾는다.
깊이로 변화에 대처하고,
굳셈으로 무리를 제압한다.
이 네 가지를 갖춘다면 바야흐로 적과 대응할 수 있다.

幾以燭理, 明以折疑, 深以處變, 毅以制衆. 四者備, 方可以應敵.
―「質言」

적과 상대할 때는 사리 분별을 잘해야 한다. 의심에 휘둘리면 안된다. 변화에 적절하게 대응해야 한다. 뭇 사람의 이러쿵저러쿵하는 의론을 잠재우지 않으면 안 된다. 사리 분별은 어떻게 하나? 겉으로 드러난 일의 기미를 보고 한다. 의심은 어떻게 풀 것인가? 밝은 판단력으로 하나하나 따져서 분석한다. 변화에 대한 대응은? 상황에 따라 일희일비—喜—悲하지 말고 묵직하게 가라앉혀 깊이로 누른다. 시끄러운 여론은? 굳세고 강인한 카리스마로 그들을 압도해야 한다. 그렇지 않고, 이미 다 드러난 기미를 거꾸로 읽고, 툭하면 의심에 말려들며, 변화에 경솔히 대처하고, 무리에 번번이 휘둘리면, 속수무책으로 당하고, 따질 겨를 없이 망한다.

行事

귀천과 수요壽夭

관직에는 귀함과 천함이 없다.
본분을 다하는 것이 귀함이 된다.
선비는 장수와 요절이 없다.
이름을 세우는 것이 근본이 된다.

官無貴賤, 盡分爲貴. 士無壽夭, 立名爲本.
―「質言」

자리로 귀천貴賤을 가릴 수 없다. 귀천은 마음가짐에서 갈린다.
높은 자리에 있어도 본분을 다하지 못하면 그 자리가 천하고, 낮
은 자리에 있어도 진심과 성의를 다하면 그 자리가 귀하다. 선비
가 오래 살고 일찍 죽는 것은 세상에서 누린 햇수로 따지지 않는
다. 이름값을 해서 제 이름을 남기면 일찍 죽어도 장수했다고 하
고, 행실이 어지러워 이름을 더럽히면 오래 살아도 요절했다고
한다. 사람은 직분에 성의를 다해야 한다. 이름을 얻는 것은 그
결과일 뿐이다. 얻으려고 해서 얻어지는 이름은 이름이 아니다.

行事

훈계와 권면

훈계할 때는 쭈볏대지 말고
권면할 때는 과격하면 안 된다.
텅 비워 기필함이 없고,
꿋꿋해도 소유하지 않는다.

誡之也而不怵, 勸之也而不激, 虛而無必, 直而不有.
—「質言」

따끔하게 타이르고, 푸근하게 권면해라. 한번 야단을 치려거든
정신이 번쩍 들고 눈물이 찔끔 나도록 해야지, 그저 지나가는 애
기하듯 해서는 소용이 없다. 북돋워 권면하려거든 칭찬을 곁들여
할 수 있다는 자신감을 불어넣어 주어야지 겁을 주거나 악담을
하면 안 된다. "그래 가지고 뭐가 될래?" 같은 말은 권면과는 거
리가 멀다. "자꾸 그러면 안 된다"는 하나마나 한 훈계다. 꼭 어
떻게 하고야 말겠다는 욕심을 비워내고, 꿋꿋이 밀고 나가더라도
저것을 소유하지 않으면 안 된다는 집착을 버려라.

선악

선과 악은 모두 나의 스승이다. 선은 따르고 악은 고쳐서 모두 나에게 보탬이 된다. 하지만 선을 본받는 것은 갈림길이 많기 때문에 얻기도 하고 잃기도 한다. 악을 거울 삼는 것은 단지 한 가지 길뿐이다. 그런 까닭에 악을 스승으로 삼기가 선을 스승으로 삼기보다 쉽다.

善惡皆吾師也. 善則從之, 惡則改之. 均之爲我益也. 然善之可傚, 爲岐也多, 故有得有否. 惡之可鑑, 止一路爾, 故師惡易於師善.
―「醒言」

선한 것은 배워 따르고, 악한 것은 고쳐서 멀리한다. 이것이 선과 악을 나의 스승으로 삼는 방법이다. 나쁜 사람을 보면 나는 절대로 저러지 말아야지 하고 다짐을 둔다. 좋은 행실을 보면 어찌해야 나도 저렇게 될 수 있을까 하며 본받으려 노력한다. 선한 일은 때로 판단이 어려울 때가 있지만, 악한 일은 시비가 분명해서 따지고 말고 할 것이 없다. 그런데 이상하다. 사람들은 좋은 것을 본받기보다 나쁜 짓 본뜨기를 더 좋아한다. 좋은 것은 내버려두고 못된 것만 배운다. '나는 절대로 저러지 말아야지' 하며 멀리해야 할 일을 '저 사람도 저러는데 뭘' 하며 따라 한다.

사람답지 않은 사람

아등바등 구차하게 먹는 것만 찾는 자는 짐승과 다를 게 없다.
눈을 부릅뜨고 내달리며 이익만 쫓는 자는 도적과 한가지다.
잔달고 악착같이 사사로움에 힘쓰는 자는 거간꾼과 꼭 같다.
아옹다옹 헐뜯으며 삿된 것만 따르는 자는 도깨비와 진배없다.
울끈불끈 나대면서 기세만 믿는 자는 오랑캐와 마찬가지다.
재잘재잘 떠들면서 권세에만 빌붙는 자는 종이나 첩과 다름없다.

營營苟苟, 惟食是求者, 未離乎禽獸也. 盰盰奔奔, 惟利是趨者, 未離乎盜賊
也. 瑣瑣齪齪, 惟私是務者, 未離乎駔儈也. 翕翕訿訿, 惟邪是比者, 未離乎
鬼魅也. 炎炎顚顚, 惟氣是尙者, 未離乎夷狄也. 詹詹喋喋, 惟勢是附者, 未
離乎僕妾也. ─「質言」

짐승은 먹이 앞에서 체면이고 뭐고 없다. 도적은 이익을 위해서라면 제 목숨도 내던진다. 거간꾼은 이쪽저쪽 흥정을 붙여 제 것 챙기기 바쁘다. 도깨비는 늘 남 해코지할 궁리만 한다. 오랑캐는 제 힘만 믿고서 아무 데서나 날뛴다. 하인이나 첩은 주인에게 빌붙어 먹고 살 궁리가 바쁘다. 사람으로 살면서 짐승이나 도적 같아서야 되겠는가? 오랑캐처럼 날뛰어서야 되겠는가? 하인이나 첩이나 거간꾼처럼 이리저리 눈치나 보며, 도깨비도 아니면서 못된 궁리만 일삼아서야 되겠는가?

되지 않을 일

남에게 뻣뻣이 굴면서 남에게는 공손하라 하고, 남에게 야박하게 하면서 남 보고는 두터이 하라고 한다. 천하에 이런 이치는 없다. 이를 강요하면 화가 반드시 이른다. 제가 못된 짓을 해놓고 남에게 말하지 못하게 하고, 자기가 일을 망쳐놓고는 남더러 탓하지 못하게 한다. 걸주桀紂의 포악함으로도 능히 하지 못했으니, 필부가 할 수 있겠는가?

傲於人而責人恭, 薄於人而責人厚, 天下無此理也. 强之禍必至矣. 己則作非, 而使人勿言, 己則僨事, 而使人無責, 桀紂之暴, 而不能也, 匹夫能乎哉.
―「醒言」

못된 짓은 도맡아 하면서 다른 사람 흠만 잡는다. 저한테 하면 딱좋을 소리를 남에게 퍼붓는다. 베풀 줄은 모르면서 원망만 하고, 거들먹대면서 겸손과 복종을 요구한다. 저는 옳고 남은 틀렸다. 제 잘못에 대해서는 더없이 관대하고, 남의 작은 실수는 결코 그저 넘어가는 법이 없다. 이런 심보로는 아무 일도 이룰 수가 없다. 그를 기다리는 것은 재앙과 실패뿐이다.

삶의 자세

이름은 뒷날을 기다리고, 이익은 남에게 미룬다.
세상을 살아감은 나그네처럼, 벼슬에 있는 것은 손님같이.
이는 내가 교서관校書館 벽에 써붙인 내용이다.

名待後日, 利付他人. 在世如旅, 在官如賓. 是吾題於秘省壁者也.
―「醒言」

사람들은 눈앞의 이름에 연연해서 못하는 짓이 없다. 이익이 생기면 혼자서만 차지하려고 나쁜 짓도 서슴치 않는다. 잠시 머물다 가는 나그네 세상에서 마치 천년만년 누리기라도 할 기세로 으르렁거린다. 가다가 벼슬이라도 한 자리 얻게 되면 천하를 다얻은 것처럼 우세를 떤다. 나는 반대로 하겠다. 이름은 천추의 뒤를 기약하고, 이익은 내가 갖는 대신 남에게 나눠주리라. 떠돌이 나그네처럼 조심조심 살다 빈손으로 가겠다. 남의 집에 간 손님처럼 살피며 벼슬에 임해, 남이 나를 섬기지 않고, 내가 남을 섬기며 살겠다.

行事

포용과 인내

포용하면 무리를 모을 수 있고,
인내로 사물을 거느릴 수 있다.
침묵으로 세상을 살아갈 수 있고,
검약으로 제 몸을 보전할 수 있다.

含容足以畜衆, 忍耐足以率物, 淵默足以居世, 斂約足以保身.
―「醒言」

품이 넓어야 무리를 이끌 수가 있다. 참을성 없이는 통솔력도 없
다. 입이 무겁지 않고는 세상살이가 고달파진다. 내딛기보다 거
둬들이고, 벌이기보다 가지 치는 것이 몸을 지켜내는 비결이다.
덮어놓고 제 말만 들으라고 하고, 조금만 마음에 안 맞아도 벌컥
성을 내며, 입이 가벼워 말실수가 잦고, 안 나서는 데 없이 자꾸
일을 벌이기만 하면 결국은 사람의 외면을 받아 홀로 고립되거
나, 지나친 욕심으로 몸을 망치고 만다.

좌우명

오리梧里 이원익李元翼 공은 좌우명에서 이렇게 말했다. "뜻과 행실은 나은 쪽과 견주고, 분수와 복은 못한 쪽과 비교한다." 장괴애張乖崖의 "공업功業은 높여 오르고, 관직은 낮춰서 보라"는 말보다 훨씬 깊고 멀다.

梧里李公座右銘, 有云: "志行上方, 分福下比." 比諸張乖崖 功業上攀, 官職下覰之語, 益深遠矣. ㅡ「醒言」

뜻을 세우고 행실을 닦는 일은 늘 시선을 높은 데 두어 미치지 못한 듯이 한다. 누리는 복은 나보다 못한 쪽을 보며 이만하면 됐다하는 마음을 지닌다. 복인福人의 마음씀은 늘 이러하므로, 누림이 끝없고 베풂이 넉넉하다. 이원익은 볼품없는 왜소한 외모를 지녔지만 우리 역사에 그보다 큰 어른이 없다. 송나라 때 어진 이 장괴애는 또 이렇게 말했다. "공업을 세우는 일은 더 높고 우뚝할 것을 생각하고, 관직을 누리는 것은 늘 조금 모자란 위치에 서라." 같은 취지에서 한 말이지만, 마음 씀씀이의 크기가 다르다.

行事

여운

바둑은 두지 않는 것이 잘 두는 것이 되고,
술은 마시지 않은 것으로 예를 삼는다.
거문고는 타지 않는 것이 아취가 되고,
벼슬은 현달하지 않는 것이 높음이 된다.

棋以不着爲工, 酒以不飮爲禮, 琴以不鼓爲趣, 仕以未達爲高.
─「質言」

끝까지 가야 맛이 아니다. 하지 않고도 즐길 줄 아는 법을 배워야 한다. 바둑돌을 어루만지며 텅빈 반상盤上을 바라보는 즐거움을 누리기, 술을 취하도록 마셔 거나하기보다 마시지 않고 그 흥취를 함께 하기, 굳이 농현弄絃하지 않고 벽에 걸어둔 채 마음으로 현 위를 미끄러지는 연주, 이런 경지는 아무나 맛볼 수 있는 것이 아니다. 특히 벼슬만큼은 끝장을 보는 법이 아니다. 가장 높은 벼슬은 가장 높은 데로 올라가지 않는 것이다. 다 올라가고 나면 내려올 일밖에 없다. 취토록 마시고 나면 다음날 속이 아프다. 맞수와 겨루면서 한 수만 물러달라고 하지 못한다. 다투다 보면 품격이고 뭐고 찾을 길이 없다.

나를 찍는 도끼

나를 찍는 도끼는 다른 것이 아니다. 바로 내가 다른 사람을 찍었던 도끼다. 나를 치는 몽둥이는 다른 것이 아니다. 바로 내가 남을 때리던 몽둥이다. 바야흐로 남에게 해를 입힐 때 계책은 교묘하기 짝이 없고, 기미機微는 치밀하지 않음이 없다. 하지만 잠깐 사이에 도리어 저편이 유리하게 되어, 내가 마치 스스로 포박하고 나아가는 형국이 되면, 지혜도 용기도 아무짝에 쓸데가 없다. 그래서 남이 나를 치지 않게 하려면 먼저 내 지닌 도끼를 치우고, 남이 나를 때리지 않게 하려면 먼저 내 몽둥이를 버려야 한다. 기심機心이 한번 사라지면 온갖 해로움이 다 없어지고, 화를 입히려는 마음이 한번 일어나면 갖은 재앙이 한꺼번에 타오른다.

伐我之斧非他, 卽我伐人之斧也. 制我之梃非他, 卽我制人之梃也. 方其加諸人也, 計非不巧, 機非不密也. 毫忽之間, 反爲彼利, 而我若自縛以就也, 智勇並無所施也. 故欲人無伐, 先屛我斧, 欲人無制, 先捨我梃. 機心一消, 百害俱空, 禍心一動, 萬災俱熾. —「醒言」

내가 아프면 남도 아프다. 내가 싫은 것은 남도 싫다. 내가 남을 해칠 때는 통쾌했는데, 내가 해코지를 당하니 분하기 짝이 없다. 내가 원치 않는 것을 미루어 남에게 하지 않고, 내가 원하는 것을 가늠하여 남과 나눈다면 내면에 바로 평화가 온다. 두고 보자 하는 마음이 그럴 리가 하는 결과를 가져온다. 기심機心, 즉 따지고 분별하는 마음을 버려라. 마음속에서 튕기던 주판알을 거둬라. 그러면 그들도 나에 대해 무장을 해제한다. 나쁜 마음이 한번 싹터 나면 온갖 재앙을 끌어들여 나를 다 태운 뒤에야 꺼진다.

남을 곤경에 빠뜨리는 것을 호기로 여긴다면, 남도 나를 곤경에
빠뜨리는 것을 호기로 여길 것이다. 남의 것을 빼앗는 것을 이익
으로 생각하면, 남도 내 것을 빼앗은 것을 이익으로 생각할 것이
다. 남을 죽이는 것을 공으로 여기면, 남 또한 나를 죽이는 것을
공으로 여길 것이다.

阨人以爲豪, 則人亦阨我而爲豪. 奪人以爲利, 則人亦奪我而爲利. 殺人以
爲功, 則人亦殺我而爲功. ―「醒言」

남을 짓밟고 올라서는 일, 남의 것을 빼앗아 이익을 보는 일, 남을 안 좋게 하고 내 낯을 세우는 일은 해서는 안 될 일이다. 내게 좋다고 남이 싫어하는 일을 해서는 안 된다. 입장을 바꿔 생각해보면 분명할 일도, 독선에 빠지면 보이지 않는다. 내가 남에게 해준 것은 남도 내게 그대로 돌려준다. 처지를 바꿔 볼 줄 아는 자세가 필요하다. 무엇을 얻게 되거든 남의 것을 빼앗은 것은 아닌지 돌아보라. 큰 공을 세워 득의연하기 앞서 혹 그 그늘에 가려 실패를 곱씹고 있을 한 사람을 배려하라.

言行

언행

發集序

甚怒發於甚言擇於甚言甚

言
行

강경함의 재앙

의론이 일어나면 강경한 사람이 반드시 이긴다.
하지만 마지막의 재앙 또한 강경한 자에게서 비롯된다.

議論之作, 峻者必勝. 然卒之禍, 亦由峻者始.
―「質言」

논쟁에서는 목청 높은 사람이 이기게 마련이다. 상대가 세게 나
오면, 그 말이 옳아서가 아니라 상대하기가 귀찮아서 물러선다.
그들은 이편에서 승복한 것으로 착각해서 더 함부로 군다. 상대
의 목청이 높아질수록 맞은편은 기가 질려 옳지 않은 줄 알면서
도 그저 내버려둔다. 걷잡을 수 없는 재앙이 닥쳐서야 사람들은
진실을 파악하지만, 상황을 돌이킬 수는 없다.

言
行

재앙과 허물

재앙은 입에서 생기고,
근심은 눈에서 생긴다.
병은 마음에서 생기고,
허물은 체면에서 생긴다.

禍生於口, 憂生於眼, 病生於心, 垢生於面.
ー「質言」

입을 조심하라. 모든 재앙이 입단속을 잘못해서 생긴다. 근심은
눈으로 들어온다. 차라리 보지 않았다면 욕심도 생기지 않았을
텐데, 보고 나니 자꾸 비교하는 마음이 싹터난다. 마음을 잘 다스
리지 못하니, 그것이 맺혀 병이 된다. 툭 터지지 못하고 꽁꽁 막힌
기운이 울결이 되어 몸까지 상하게 만든다. 체면 치레 때문에 공
연한 허물을 부르는 사람이 뜻밖에 많다. 뻗을 자리가 아닌데 뻗
다가, 나설 자리가 아닌데 나서다가, 괜히 체면만 구기고 손가락
질만 당한다.

言
行

말

내면이 부족한 사람은 그 말이 번다하고,
마음에 주견이 없는 사람은 그 말이 거칠다.

內不足者, 其辭煩. 心無主者, 其辭荒.
―「質言」

말은 곧 그 사람이다. 말을 들어보면 그 사람이 보인다. 말이 쓸
데없이 많은 것은 내면이 텅 비었다는 증거다. 그들은 남들이 혹
자신을 간파할까봐 쉴 새 없이 떠들어, 인정을 받으려 든다. 줏대
가 없는 사람들의 말은 난폭하다. 함부로 떠들고 멋대로 말한다.
그래야만 남 보기에 주견이 있는 사람처럼 보이겠기에 하는 행동
이다. 어느 자리에서든 말 없는 사람이 무섭다. 말수가 적을수록
사람값이 올라간다. 침묵 속에는 함부로 범접하기 힘든 힘이 있
다. 말을 아껴라.

평가

젊어 사람들이 다 칭찬하다가,
늙어 사람들이 다 비난하는 사람은
모두 족히 말할 것이 못 된다.

少而人盡譽之, 老而人盡毀之者, 皆無足道也.
―「質言」

사람은 곱게 늙어야 한다. 욕심 사납게 늙는 것보다 추한 것이 없
다. 욕심에 잠기면 얼굴도 따라 변해 흉악스럽게 변한다. 젊은 날
어렵게 쌓은 명성을 늙어 제 손으로 허무는 것보다 슬픈 일이 없
다. 차라리 젊어서 이런저런 구설이 있다가도 뒤늦게 잘못을 깨
달아 허물에서 멀어지는 것이 훨씬 낫다. 사람의 평가는 노년을
보고 내린다. 곱게 늙고 잘 늙어야 한다.

학력과 심력

대저 사람이 일생동안 쓰는 것은 배움의 힘[學力]이 아니면 마음의
힘[心力]이다. 마음의 힘이 세면 진실로 좋다. 그렇지 않다면 반드
시 배움에 힘입어야 한다. 배움이 마음을 기르기에 부족한데도 지
나치게 이를 쓰면 반드시 병이 된다. 말 또한 단순히 참기만 해서
는 안 된다. 속에 담은 것은 반드시 겉으로 펴야지, 어찌 오로지
참기만 하겠는가? 요컨대 남의 단점 말하는 것을 반드시 심하게
하지 말고, 남의 장점 말하는 것을 반드시 지나치게 하지 말아야
한다. 잘하는 이를 잘한다고 하는 것은 많이 하고, 나쁜 이를 나쁘
다고 하는 것은 적게 할 뿐이다.

大抵人之一生所用, 非學力則心力也. 心力勝則固善矣. 不然, 必藉於學. 學
不足以養心, 而過用之, 則必病. 言亦不可純於忍也. 存諸中者, 必發於外,
安得忍之專也. 要之, 言人之短不必甚, 言人之長不必過. 而善善也多, 惡惡
也少爾. ―「醒言」

마음의 힘이 부족하면 공부로 채워야 한다. 공부가 부족한 상태로 마음만 혹사하면 울화가 쌓여 병이 된다. 그저 참는 것이 약이 아니다. 풀어주어야 한다. 대신 넋두리하듯 해서는 안 된다. 남의 단점을 지적하더라도 상대가 마음 상하지 않도록 돌려서 하고, 칭찬도 너무 지나치게 해서는 안 된다. 공부는 왜 하는가? 마음의 힘을 씩씩하게 해주기 위해서다. 공부를 해서 마음이 편해져야지, 공부 때문에 마음이 짓눌리면 안 된다. 무조건 참고 속으로 삭히는 것이 수양이 아니다. 할 말을 하고 안 할 말은 하지 않는 것이 옳다. 이 분간을 잘 세우는 것이 공부다. 마음의 힘이 여기서 나온다.

言
行

홍망과 성쇠

나라가 쇠망하면 선견지명이 있는 사람은
반드시 요망한 말을 한다는 죄를 쓰고 형벌을 받는다.
바른말 하는 사람은
틀림없이 말을 지어낸다는 모함을 받아 법률로 다스려진다.
나라가 홍할 때는 선견지명이 있는 사람은 상을 받고,
바른말 하는 사람은 현달한다.

國之衰也, 先見者, 必伏妖言之刑. 直諫者, 必受造言之律. 國之興也, 則先
見者賞, 直諫者顯. —「醒言」

지혜로운 사람은 작은 기미를 읽어 앞날을 내다본다. 바른말 하는 사람은 설사 미움을 받더라도 해야 할 말을 거침없이 한다. 아직 일이 일어나지 않았으므로 선견지명은 늘 요망한 말과 헛갈리고, 곧은 간언은 유언비어와 혼동된다. 국가의 시스템이 제대로 가동되고 있으면, 선견지명과 요망한 말을 구분하고, 바른말과 허튼 말을 갈라낸다. 반대가 되면 이 둘은 뒤죽박죽이 되어 충신을 간신으로 몰아서 내쫓고, 군자를 소인이라 하여 물리친다. 바른말이 배척되는 조직은 쇠망의 길을 걷는다. 입에 발린 말을 충언으로 착각하면 나라가 망한다.

과장과 과격

문장으로 세상을 꾸미는 것은 간혹 과장誇張하는 데서 실수한다.
의론으로 세상을 붙드는 것은 더러 과격過激함에서 잘못된다.

文章以賁世, 或失之夸. 言議以扶世, 或失之激.
—「質言」

글쓰기는 과장과 겉꾸밈의 욕망을 절제해야 한다. 근사한 말, 화
려한 표현보다 간결한 표현 속에 알찬 내용을 담아야 한다. 말만
그럴듯하고 내실이 없으면 처음 몇 줄은 혹해서 읽다가 중간에
걷어치우고 만다. 자기 주장을 펼쳐 세상을 바로잡는 것도 좋지
만, 자칫 과격해지기 쉬우니 이를 조심하지 않으면 안 된다. 말이
란 하다보면 자기도 모르게 거칠어져 외곬으로 빠져들기 쉽다.
상대의 의견을 품어 안으면서도 자신의 입장을 견지하기가 더 어
렵다. 덮어놓고 소리만 지르는 것은 어린아이도 할 수 있다.

선심과 고집

제힘을 헤아리지 못하고 베푸는 선심,
일을 제대로 알지 못한 채 부리는 고집,
나라를 망치고 집안을 파탄 내는 것은
모두 여기에 말미암는다.

不量力之善心, 不解事之固執, 亡國破家, 皆由於此.
　—「醒言」

베푸는 마음이야 훌륭해도, 제 주제를 벗어나는 선심은 뒷감당이
안 된다. 앞뒤 가늠도 없이 제 판단만 믿고 부리는 막무가내의 고
집은 일을 심각하게 그르치는 첩경이다. 사람은 제 깜냥을 알아
야 한다. 동기가 좋다고 해서 결과까지 좋을 수는 없다. 시작만
좋고 끝이 나쁘다면 잘못된 일이다. 사람 좋다는 소리 듣다가 집
안을 거덜내는 사람이 있다. 한 나라의 흥하고 망하는 것도 위정
자의 근거 없는 낙관과 자기 확신에 기인하는 경우가 많다. 개인
의 일이야 그렇다 쳐도, 나라의 일에 이런 선심과 고집은 종종 걷
잡을 수 없는 큰 문제를 야기한다.

言
行

지혜와 재주

지혜는 때로 막힌다.
재주는 이따금 다한다.
도는 간혹 사라진다.
이름은 가끔 훼손된다.
나로부터 나온 것이 이럴진대
하물며 밖에서 온 것이겠는가?

智有時而窮, 才有時而盡, 道有時而喪, 名有時而毀. 自我出者尙然, 況自外
至者乎. ―「質言」

원숭이도 나무에서 떨어지는 수가 있다. 늘 문제 없던 일도 때로
난관에 봉착한다. 떳떳한 도리는 가끔씩 존재하지 않는 것만 같
다. 살다보면 뜻하지 않게 명예가 훼손되는 일도 있다. 이런 것들
은 어찌 보면 내 할 탓에 달린 일들이다. 하지만 내 의지와 관계
없이 일어나는 일들이야 또 어찌 하겠는가? 남을 원망하고 운명
을 탓하기보다, 평소의 내 마음자리와 몸가짐을 살피고 단속할
일이다.

선망과 시기

좋아함은 선망을 낳고, 선망은 시기를 낳으며, 시기는 원수를 만든다. 때문에 좋아함이 원수로 변하는 것은 다만 손바닥 뒤집는 사이일 뿐이다.

好生羨, 羨生忮, 忮成仇. 故好之變仇, 直反手之頃.
―「質言」

사람의 마음이 참 간사하다. 종잡을 수 없이 왔다갔다 한다. 너무 좋아해서 부러워하던 사람이 내게 쌀쌀맞게 대하면 부러움은 금세 시기심으로 변해 원수 보듯 하게 된다. 애초에 좋아하지 않았더라면 미워할 일도 없었을 텐데, 내가 저를 좋아하듯 그가 나를 좋아하지 않는다는 이유로 원수 보듯 한다면 되겠는가? 한 세상을 살아가는 일은 이랬다저랬다 하는 마음을 묵직하게 가라앉히는 연습의 과정일 뿐이다. 이를 게을리 해서 일을 그르치고, 몸을 망치며, 집안을 무너지게 한다.

言行

허물과 책임

공자께서 "이미 지나간 것은 탓하지 않는다"고 하신 말씀은 다만
한 때에 적용되는 가르침일 뿐이다. 지난 일을 탓하지 않는다면
장래의 일을 어찌 징계하겠는가? 일을 그르치고도 책임을 묻지
않고, 직분을 저버렸는데도 죄주지 않는다면 되겠는가? 공이 있
는 자는 상을 주고 허물이 있는 자는 벌을 주는 것은, 나라가 흥하
는 까닭이다. 선한 이를 표창하고 악한 이를 징계함은, 풍속이 바
르게 되는 이유다. 이미 지난 일이라 하여 내버려둘 수 있겠는가?
망국의 대부와 싸움에 진 장수는 일이 진실로 이미 지나간 일인
데도, 확포虆圃에서 활쏘기할 때 배척을 받았으니, 이것이 참으로
만세의 법이다.

仲尼所云, 旣往不咎, 此特一時之訓耳. 往之不咎, 來者奚懲. 償事而無責,
溺職而無誅, 可乎? 信賞必罰, 國所以興也. 彰善癉惡, 俗所以正也. 其可以
旣往而置之也. 亡國之大夫, 償軍之將, 事固往矣. 見擯於虆圃之射, 此眞萬
世之法也.
—「醒言」

지난 일은 없었던 셈 치고 판을 걷고 새로 시작해야 할 때가 있다. 하지만 아무 때나 그렇게 하면 안 된다. 원인을 살피고, 경과를 따져서, 책임의 소재를 분명히 하지 않으면, 언제든 같은 일이 되풀이된다. 그때마다 판을 걷어야 한다면 세상에 할 수 있는 일이 아무것도 없다. 노력한 만큼 보상을 받고, 잘못한 만큼 견책을 받아야 책임의 소재가 분명해져서 일에 계통이 선다. 잘못했는데도 아무렇지도 않고, 공을 세웠는데도 걸맞는 상이 없으면 누가 나서서 힘든 일을 하려 하겠는가? 눈치나 보면서 그럭저럭 대충 때우려들 것이다. 이렇게 하고서도 발전하는 조직은 세상에 없다.

공자께서 확포에서 활쏘기를 하실 때 일이다. 제자 자로에게 활과 화살을 가져와서 활을 쏠 사람에게 나눠주게 하시며 말씀하셨다. "싸움에 진 장수와 망한 나라의 대부, 남의 후계자로 들어간 자는 들어오지도 못하게 하라." 『예기』에 나오는 말씀이다.

言
行

똥개

개는 사람이 뒷간에 오르는 것을 보면 문득 모여서 똥 누기를 기다린다. 재빠른 놈이 앞서고, 약한 놈은 위축된다. 성나면 서로 물어뜯고, 기쁘면 핥아주는데, 다투는 것은 오직 먹이 때문이다. 그 모습을 보는 자가 누군들 추하게 여겨 비웃지 않겠는가? 하지만 사람이 밥을 구하는 것도 개와 더불어 다를 게 거의 없다. 엄자릉嚴子陵이나 소강절邵康節로 하여금 살아서 이를 보게 한다면 또한 사람을 개처럼 보았을 것이다. 아침에 뒷간에서 돌아오다가 이 때문에 한차례 웃고서 적어둔다. 하지만 사람이 개만 못한 점도 실로 많다. 개는 교미를 반드시 때를 가려 하는데, 사람이 이를 능히 할 수 있는가? 도둑 지키기를 귀신처럼 하는데 사람이 능히 할 수 있는가? 먹여주면 은혜를 알고 의리로 갚는데, 사람마다 이를 능히 할 수 있는가? 또 이 때문에 한차례 탄식한다.

狗見人登溷, 輒集而伺其便. 捷者先, 儒者蹙, 怒則相齧, 喜則相舐, 所爭惟其食也. 見其狀者, 孰不醜笑之哉. 然人之求食, 與狗異者幾希. 使嚴子陵邵康節而在, 其視之, 亦猶人之視狗也. 朝返自溷, 爲之一笑而識之. 然人之不及狗者實多. 交必以時, 人能之乎. 警盜如神, 人能之乎. 食則知恩, 報則以義, 人人而能之乎. 又爲之一嘆. ―「醒言」

똥개들은 더러운 똥 때문에 으르렁대며 싸운다. 웃긴다. 하지만 사람들이 하는 짓은 개보다 더 웃긴다. 제게 조금만 이익이 되면 속도 없이 꼬리를 살랑대고 입에는 꿀을 바른다. 그러다가 조금 손해가 날라치면 두말할 것도 없이 어금니를 드러내어 으르렁거리며 물어뜯으려 든다. 좀전의 그 사람인가 싶을 정도다. 개는 밥을 먹여주면 주인의 은혜를 알아, 배신하지 않는다. 충직하기 그지없다. 사람은 속을 다 빼줄 듯 굴다가도 여차하면 단번에 안면을 몰수하고 비수를 들이댄다. 세상에 개만도 못한 인간들이 하도 많다 보니, 똥 먹는 개를 더럽다고 나무랄 수가 없다. 누워 침 뱉기라 침을 퉤 뱉을 수도 없다.

君子

군자

大中
龍
曰寧
三二

集序

悲忠發於其言擇於其
美墓

君
子

권면과 징계

악한 짓을 하고도 재앙이 없다면 누가 착한 일을 하며,
실패하고도 벌이 없다면 왜 공을 세우려 들겠는가?
어리석은 데도 나무라지 않는다면 무엇 때문에 현명하려 하며,
잘못하고도 욕먹지 않는다면 누가 옳은 일을 하려들겠는가?
그런 까닭에 군자는 권면하고 소인은 징계하려 하는 것이다.

惡而無殃, 何以處善. 敗而無罰, 何以處功. 愚而無咎, 何以處賢, 非而無辱,
何以處是. 故君子欲其勸, 小人欲其懲.
—「醒言」

나쁜 짓을 하고도 떵떵거리며 잘 살고 좋은 일을 했는데도 아무 보답이 없으면, 사람들은 선을 버리고 악을 쫓는다. 실패를 한 사람과 성공한 사람의 대우가 같으면, 아무도 자신을 희생해서 공을 세울 생각을 하지 않는다. 어리석은 사람과 현명한 사람의 구분이 서지 않으면, 대충 살려고 하지 굳이 힘들게 공부하거나 따져 바로잡으려 들지 않는다. 시시비비가 분명치 않으면 분간이 흐려져 질서를 유지할 수가 없다. 군자는 자꾸 북돋워서 선한 길로 권면하여 향상시키고, 소인은 그때마다 징계해서 나쁜 마음을 먹지 못하도록 해야 한다. 반대로 소인을 권면하고 군자를 징계하면 역효과만 난다. 좋은 게 좋은 게 아니다. 나라를 다스리고 집단을 끌고 가는 데는 선악시비의 명분을 엄격히 세워야 한다. 논공행상論功行賞, 신상필벌信賞必罰의 질서를 명확히 해야 한다.

君子

치세와 난세

치세라 하여 어찌 소인이 없겠는가?
다만 군자가 많고 보니 소인이 제멋대로 날뛸 수 없을 뿐이다.
난세라 하여 어찌 군자가 없겠는가?
단지 소인이 많은지라 군자가 행할 수 없을 뿐이다.

治世豈無小人, 但君子多, 而小人不得肆.
亂世豈無君子, 但小人多, 而君子不得行耳.
─「質言」

소인과 군자는 어느 때나 있었다. 소인이 제멋대로 날뛰는 것은
어제 오늘의 일이 아니다. 세상에 군자가 없음을 한탄할 일도 아
니다. 소인이 득세하는 세상을 난세라 하고, 군자에게 힘이 실리
는 세상을 치세라 한다. 세상이 어지러워 소인이 날뛰는가? 아니
면 소인이 날뛰니 세상이 어지러워지는가? 이런 것은 선후를 갈
라 따질 수가 없다. 다만 소인의 도리와 군자의 도리 중 어느 것이
행해지는가에 따라 치란흥망의 자취를 가늠할 뿐이다. 슬프다!
군자가 소인보다 많았던 적은 한 번도 없었다.

君子

생기와 사법

옛날의 군자는 일생동안 힘을 쏟아
하나의 생기生氣를 성취했다.
지금의 군자는 일생동안 힘을 쏟아
하나의 사법死法을 성취한다.

古之君子, 一生用力, 成就一箇生氣. 今之君子, 一生用力, 成就一箇死法.
―「質言」

공부는 틀에 갇힌 나를 해체하여 자유롭게 만드는 과정이다. 매일매일 똑같던 나날을 눈부신 경이의 나날로 바꾸는 절차다. 그의 정신은 아무 걸림이 없어 거침없다. 그의 내면은 샘솟듯 날로 새롭다. 그런데 지금 사람들은 반대로 한다. 생기롭고 발랄하던 정신을 가둬 획일화하고, 누가 시키지 않아도 정해진 틀 속으로 자신을 집어넣어 단단히 고정시킨다. 그제서야 겨우 마음을 놓고 무슨 대단한 성취라도 이룬 것처럼 득의연한다. 하지만 그가 끝내 손에 쥔 것은 뻣뻣이 굳은 사법이다.

지금의 군자

어진 사람은 자기가 서려 하면 남을 세우고, 자기가 이르려고 하면 남도 이르게 한다. 지금의 군자는 이와는 다르다. 자기가 하려 하는 바를 남에게는 반대로 한다. 서려 하면 남이 서는 것을 막고, 달하려 하면 남이 달하는 것을 방해한다. 남을 해칠 뿐 아니라, 하늘마저 어긴다. 사람과 하늘이 서로 이를 미워하니, 어찌 재앙과 실패로 마치지 않을 수 있겠는가?

仁者己欲立而立人, 己欲達而達人. 今之君子, 異於是. 己之所欲, 於人則反之. 立則抑人之立, 達則閼人之達. 不惟害人, 抑且違天, 人天交慍之矣. 安得不以禍敗終哉. ―「醒言」

더불어 사는 삶이 아름답다. 내 성공을 위해 남의 꿈을 짓밟고, 내 성취를 이루려 남의 노력을 훔친대서야 그 성공과 성취가 무참하지 않겠는가? 나도 잘되고 남도 잘되어야 좋지, 나 하나 잘되자고 남을 이용하고 해코지하는 짓은 하늘의 분노를 부를 뿐이다. 그렇게 해서 잠시 앞서 간다 해도 결국은 패망하고 만다. 다 주어야 모두 얻고, 함께할 때 오래간다.

군자의 처세

군자는 세상을 살아감에 있어, 오는 것은 응하고 가는 것은 잊는다. 힘으로 사물과 맞겨루지 않고, 마음으로 일을 엿보지 않는다. 가는 것은 돌아오듯, 움직임은 쉬는 듯한다.

君子之居世也, 來者應之, 去者忘之. 不以力亢物, 不以心諜事. 其往也若返, 其動也若休. ―「質言」

덮어놓고 응하고 무작정 잊어서는 안 되겠지만, 오가는 인연에 집착할 것은 없다. 다만 오는 것 내치지 않고, 가는 것 연연해하지 않는 홀가분한 마음을 지녀야 한다. 군자는 완력으로 어찌해보거나, 궁리로 수를 쓰려 하지 않는다. 무언가를 향해 갈 때도 일을 마치고 돌아오는 것처럼 담담하다. 그는 열심히 일할 때도 편안히 쉬는 것처럼 보인다. 소인들은 그렇지가 않다. 작은 일 벌려놓고도 온 동네에 광고한다. 안 되는 일에 어거지 부리는 것을 능력으로 착각한다. 오는 것은 다 움켜쥐고, 가는 것은 옷 꼬리를 잡고 놓아주지 않는다.

명사

명사名士는 알아보기가 어렵지 않다. 천리 떨어져 있어도 바로 지척에 가까이 있는 것 같고, 죽은 지 몇 년 되지 않았는데도 아득히 먼 옛날인 듯한 사람은 모두 명사다.

名士不難知也. 隔在千里, 而近若咫尺, 沒未數年, 而邈若曠世者, 皆名士也. ―「醒言」

헤어져 있어도 늘 함께 있는 듯한 사람. 엊그제 세상을 떴는데도 아득한 고인처럼 여겨지는 이. 생각의 흐뭇한 뒷 배경이 되고, 마음에 광휘를 더해주는 사람. 이런 이를 일러 명사라 한다. 높은 명성을 지녀 가까이 있어도 나와는 아무 상관이 없고, 화려하고 떠들썩한 장례식이 끝나자 그 길로 사람들의 뇌리에서 잊혀져버리는 이. 겉으로는 그 위세 앞에 고개 숙여도 마음속의 존경은 받지 못하는 사람. 이런 것은 가짜다. 선비의 이름값에는 아무 권세나 권력도 없지만 이심전심으로 퍼져가는 향기가 있다.

소인

아이가 몽둥이를 쥐면 사람을 함부로 때리고,
소인이 권력을 잡으면 사람을 마구 해친다.

小兒持杖, 胡亂打人. 小人執柄, 胡亂傷人.
―「質言」

분별력 없는 것을 어린아이라 하고, 판단력 흐린 것을 소인이라
한다. 아이는 제멋대로 굴다가, 뜻대로 안 되면 소리쳐 울어 제 뜻
을 관철시킨다. 소인은 옳고 그름의 판단을 함부로 해서, 제게 이
로우면 옳다고 하고, 제게 해로우면 그르다고 한다. 제 편을 들어
주면 손을 내밀고, 제 뜻을 거스르면 해코지를 한다. 아이에게 몽
둥이를 들려주면 애꿎은 사람이 맞아서 다친다. 소인에게 권력을
넘겨주면 안 하는 짓이 없고 못하는 짓이 없다. 그것으로 사람을
다치게 하고, 그것으로 전체를 파국으로 몰아넣는다.

君子

처신

세상이 다스려져도 군자가 나아가기 어려운 점 네 가지가 있다.
재주는 직접 팔아서는 안 된다.
도는 구차하게 영합할 수 없다.
가까워도 까닭 없이는 들어가지 않는다.
멀어도 중개해주는 이 없이는 나서지 않는다.

世治而君子之難進者有四. 才不可以自售, 道不可以苟合, 近而無因則不入,
遠而無介則不出. ―「質言」

태평한 세상에도 군자는 함부로 세상에 나서는 법이 없다. 재주는 남이 알아주는 것이지 제가 제 재주를 떠들고 다녀서는 안 된다. 도는 저절로 그런 것이지 구차하게 어거지로 맞출 수 있는 것이 아니다. 아무리 가깝더라도 들어갈 만해야 들어가는 것이지, 가깝다는 이유만으로는 움직일 수 없다. 멀면 먼 대로 누가 중개해주지 않고는 나갈 수가 없다. 제 알량한 재주를 여기저기 팔고 다니고, 출세를 위해서라면 교언영색을 마다 않으며, 걸칠 수만 있다면 다리를 놓아 어떻게든 권세가와 인연을 맺어 출세의 사다리로 삼으려는 자를 사람들은 소인이라고 부른다. 소인의 행동을 하면서 군자의 도를 펴려 한다면 도는 숨고 권모술수만 남는다.

용인用人

소인은 군자에 비해 재주가 뛰어날 뿐 아니라, 언변도 좋고 힘도
세고 일도 잘한다. 일을 맡기면 반드시 해낸다. 윗사람이라면 누
군들 그에게 일을 맡기려 하지 않겠는가? 따져야 할 것은 마음
씀씀이다. 하지만 자취가 드러나기 전에야 억탁할 수 있겠는가?
그 죄악이 다 드러나게 되면 나라 일은 이미 그르치고 말아 구할
도리가 없다. 비록 형벌로 죽인다 한들 무슨 이익이 있겠는가? 그
런 까닭에 군자는 처음에 쓰는 것을 삼가는 것이다.

小人之於君子, 不惟才勝之也, 言辯勝, 彊力勝, 功伐勝. 任之事必辦, 在上
者, 孰不欲任使之耶? 其可議者, 心術也. 然形迹未彰, 而可憶之耶? 及其罪
惡畢露, 則國事已誤, 而莫之救也. 雖加誅殛, 何益哉. 故君子愼其用於始
也. ㅡ「醒言」

소인의 충성과 군자의 충성은 그 방식이 다르다. 입속의 혀같이 무슨 일이든 간에 딱 맞게 해내는 것은 소인의 충성이다. 그는 한 사람에게 성심을 다해 충성한 대가로 열 사람 백 사람 위에 군림한다. 소인이 자신에게 성심을 다하는 것을 그의 전부라고 평가하면 조직에 문제가 생기고, 전체에 타격을 입힌다. 그는 윗사람의 총애를 빌미 삼아 모든 일을 제멋대로 처리해버린다. 문제가 터졌을 때는 이미 손쓰기에 너무 늦은 때다. 그제서야 분개해서 펄펄 뛰고, 그를 처벌해도 붕괴된 조직의 신뢰는 회복되지 않는다. 군자는 묵묵히 일하므로 늘 성에 안 차고, 바른말 하므로 듣기에 거슬린다. 의심스런 사람은 쓰지를 말고, 일단 썼으면 의심하지 말라고 했다. 처음 쓰는 것이 중요한 까닭이다. 아랫사람으로 내 비위를 지나치게 잘 맞추는 사람을 조심하라. 나는 말할 수 없이 좋은데 다른 사람들의 기색은 그렇지 않을 때 그 사람을 잘 살펴야 한다. 지나친 것치고 끝이 좋은 법이 별로 없다. 어떤 사람을 쓰느냐에 따라 조직의 성패와 운명이 갈린다. 어찌 삼가지 않으랴.

君子

용렬한 사람

용렬한 사람을 부리는 것은 악한 사람을 부리기보다 어렵다. 악
인은 반드시 그 기운을 자부하는 자이다. 잘 부리기만 하면 일을
맡길 만하다. 하지만 용렬한 사람이야 어디다 쓰겠는가? 그 뜻을
따르자니 기뻐하면서 일을 그르칠 테고, 따르지 않자니 성을 내
며 일을 망치려 들 것이다. 이를 대우하기가 또한 어렵지 않겠는
가?

馭庸人, 難於馭惡人. 惡人必其負氣者也. 善馭之, 則足以辦事. 庸人安所用
哉. 徇其意, 則懽而敗事, 不徇之, 則慍而欲其敗也. 待之不亦難乎.
—「醒言」

악인은 그래도 제 깐이 있지만, 용렬한 사람은 울뚝밸만 있다. 악인은 다루기에 따라 뜻밖의 역량을 발휘할 때가 있다. 잘 제어하고 조심하기만 한다면 쓸모가 전혀 없지는 않다. 하지만 능력도 없으면서 그 사실조차도 모르는 인간이야말로 다루기가 가장 어렵다. 믿어주자니 일을 그르치겠고, 배제하자니 엉뚱한 짓을 해서 일을 망칠까 걱정이다. 이러기도 어렵고 저러기도 어렵다. 앞뒤가 꼭 막혀 논리가 먹히지 않는다. 구제불능의 인간이다.

君子

아낌과 헐뜯음

대저 나보다 나은 사람은 나를 아끼는 경우가 많고, 나와 같은 사람은 나와 친한 경우가 많다. 나만 못한 사람은 나를 헐뜯는 경우가 많다. 그래서 남을 헐뜯는 사람을 보면 나는 문득 그에게 이렇게 말해주곤 했다. "그대가 어찌 그 사람만 못하겠는가? 무엇하러 그를 헐뜯는단 말이오?" 그러면 헐뜯던 사람이 내 말을 듣고 흔히 그만두곤 했다. 하지만 공정한 마음으로 남을 아끼는 사람은 또한 드물다. 약해서 데리고 놀기 쉬워 아끼는 것일 뿐이다. 어린아이는 데리고 놀 수 있기 때문에 사람들이 모두 이를 사랑한다. 하지만 조금만 사납게 군다면 문득 이를 미워한다.

大抵勝於我者, 多愛我, 等於我者, 多親我, 不及我者, 多毁我. 故吾見毁人者, 輒於人曰: "君豈不及彼也? 何毁之也." 毁者多因吾言而止. 然愛人以公心者, 亦罕矣. 弱易玩則愛爾. 嬰兒可弄, 故人皆愛之. 使稍捍格, 便厭之矣.
―「醒言」

칭찬은 여유에서, 비방은 시기하는 마음에서 나온다. 남을 비방하는 일은 내가 그만 못함을 드러내놓고 알리는 것과 같다. 내가 잘하지 못하는 것을 그는 척척 해치운다. 그러면 본받아 배울 생각을 해야 하는데, 굳이 다른 흠을 찾아서 탈잡는다. 마음에 여유가 없기 때문이다. 남을 아끼고 칭찬하는 것도 진심에서 우러나야지, 우쭐하는 우월감을 바닥에 깔면 못 쓴다. 말 잘 듣고 만만하니까 가까이 하는 것은 그를 아끼는 것이 아니라 데리고 노는 것이다. 그러다 자기 간에 안 맞으면 금세 팩 돌아서서 미워한다. 변덕이 팥죽 끓듯 하는 사람은 좀스런 사람이다. 아낌과 헐뜯음의 행동에서 그 사람의 그릇이 드러난다.

척도

이름난 벼슬을 영예로 여기고, 좋은 자리를 즐거움으로 생각하면
세상의 도리가 낮아진다. 높은 벼슬을 근심으로 삼고, 배부른 관
리를 수치로 알면 세상의 도리가 높아진다. 정재定齋 박태보朴泰輔
가 옥당에서 숙직을 서는데, 군문軍門에서 낭관郎官이라 하여 배
척하였다. 박태보는 무인에게 욕을 당했다 하여 소疏를 올리고는
그 즉시 나가버렸다. 사대부가 이렇듯이 명분과 절개에 힘쓴다면
세상이 어찌 맑아지지 않겠는가?

名宦以爲榮, 腴官以爲樂, 則世道汚. 名宦以爲憂, 腴官以爲恥, 則世道隆.
朴定齋直玉署, 軍門辟以郎官. 定齋以見辱於介冑, 陳疏徑出. 士大夫淬勵
名節如此, 世安得不淸乎.
—「醒言」

높은 자리에서 떵떵거리고 요직을 꿰차고 앉아 거들먹거리는 것을 영예와 기쁨으로 알면 나라가 어지러워진다. 맡은 직분을 제대로 해내지 못할까 전전긍긍하고, 주린 백성을 보며 그저 녹이나 받는 자리를 부끄럽게 여기면 나라가 제자리를 찾는다. 박태보(1654-1689)는 숙종 때 알성문과에 장원으로 급제했던 촉망받던 관리였다. 홍문관에 숙직할 때, 일개 낭관이 어찌 옥당에 드느냐고 군문에서 배척한 일이 있었다. 무관들이 왈가왈부할 수 있는 일이 아니었으므로, 그는 나라의 기강이 무너져 어지러운 논의가 이는 것을 글로 써서 올린 후, 그 자리에서 물러나버렸다. 그는 늘 직언을 서슴치 않았다. 훗날 숙종이 장희빈에 빠져 인현왕후를 쫓아내자, 그 처사의 부당함을 극렬하게 직언했다. 숙종은 격분하여 그를 포박한 채 돌멩이로 치게 했다. 혹독한 고문 끝에 유배길에 올랐다가 도중에 죽었다. 있어야 할 자리에 서고, 해야 할 말을 할 때 명분이 바로선다. 잘못된 자리에 서고, 할 말 앞에 침묵할 때 기강이 무너진다.

應報

응보

大中
號龍
曰寧
生三

家集序

某忠發於甚言擇於甚芸芸

죄와 벌

환한 데서 죄를 지으면 사람의 책망이 미친다.
어두운 데서 죄를 지으면 귀신의 주벌이 덮친다.
두 곳에서 모두 죄를 지으면 하늘의 재앙이 몰려든다.

作罪於昭, 人責及之, 作罪於闇, 鬼誅襲之. 昭闇俱罪, 天禍集之.
―「質言」

내놓고 짓는 죄악은 법으로 견책한다. 하지만 보이지 않는 데서
남 모르게 짓는 죄악은 법이 어찌지 못해도 귀신의 징벌이 기다리
고 있다. 이것저것 가리지 않고 나쁜 짓을 저지르면 하늘의 재앙
을 불러들인다. 어찌 삼가지 않으랴. 어찌 두려워하지 않으랴.

권력욕

뱀이 개구리를 반쯤 삼켰을 때 사람이 구해서 면하게 해주면 뱀은 엎드려서 빨아들인다. 개구리는 제풀에 빨려 들어가 덥석 삼키도록 해준다. 범에게 물려죽은 창귀倀鬼는 오히려 덜한 편이다. 아아! 권력이 사람을 빨아들이는 것이 어찌 다만 뱀 정도겠는가? 빨려 들어가지 않기가 어렵다.

蛇吞蛙半軀, 人救之免, 蛇伏而吸, 蛙爲之攝, 就遺之吞. 虎倀尙其緩者也.
嗟乎權之吸人, 豈直蛇哉. 不爲其攝, 難矣.
─「醒言」

범에게 물려 죽은 사람은 범의 턱 밑에 턱 붙어 꼼짝달싹도 못하는 창귀가 된다. 범이 제 원수건만, 그 앞에 복종하며 먹잇감을 찾아다 준다. 권력욕의 화신이 되면 뱀의 아가리 속에 제 몸뚱이를 들이미는 개구리 신세가 된다. 저 죽을 줄도 모르고 권력의 아가리 속에 머리를 디민다. 멸망의 길이 뻔한데도 쇠가 자석에 이끌리듯 철썩 들러붙어 떨어질 줄을 모른다. 민망하고 어리석다.

보답

부지런히 덕을 닦으면 하늘이 반드시 복으로 보답한다.
애써 노력하면 사람이 반드시 은혜로 보답한다.
이렇게 하지는 않으면서 한갓 하늘과 사람의 보답만 탓하는 자는
바보가 아니면 망녕된 사람이다.

修德也勤, 則天必報之以福. 施勞也厚, 則人必報之以恩. 不如是而徒責天
人之報者, 非愚則妄也.
 ―「醒言」

근면함의 대가는 하늘이 내리는 복이다. 노력의 결과는 사람이
갚는 은혜다. 왜 하늘은 나에게만 이렇게 무심하냐고, 사람들이
어째서 이리도 배은망덕하냐고 투덜댄다면 그 사람은 근면하지
도 않고 노력하지도 않는 사람이다. 제 부족한 것은 살피지 않고
남 탓 하늘 탓만 하는 것은 그가 망녕되다는 증거다. 조금 베풀고
큰 보답을 바라는 자는 소인이다. 한 일도 없이 하늘만 쳐다보는
자는 바보 아니면 멍청이다.

선망과 연민

남의 선망을 받는 사람은 반드시 남이 불쌍히 여기는 바가 된다.
남의 덕으로 귀하게 된 자는 반드시 남 때문에 천해진다.
남의 은혜를 받은 사람은 반드시 남의 원망을 받는다.

爲人所羨者, 必爲人所憐. 因人而貴者, 必因人而賤. 受人之恩者, 必受人之
怨. —「醒言」

선망이 연민으로 변하고, 귀한 이가 천하게 되며, 은덕이 원망으로 바뀌는 것은 그 사이가 실로 잠깐이다. 선망 속에는 질시가 함께한다. 남의 선망을 받는 위치에 있는 이가 몸가짐에 더 유념해야 하는 까닭이 여기에 있다. 제힘이 아니라 남의 힘을 빌어 높은 지위에 오른 사람은 그 사람의 힘이 떨어지면 다시 천한 원래 자리로 돌아간다. 그 추락은 워낙 순식간이어서 날개도 소용없다. 남의 은혜를 가늠 없이 받았다가는 금세 원망과 저주로 돌아온다. 제힘으로 일어서고, 받은 은혜는 꼭 갚으며, 부러움의 시선을 무서워할 줄 알아야 한다. 그래야 재앙이 적다.

귀신과 권모

귀신을 부리는 자는 기가 쇠하면 반드시 귀신에게 죽음을 당한
다. 권모權謀를 좋아하는 자는 운이 다하면 반드시 권모로 죽게
된다. 사람은 본시 한 번은 죽는다. 운이 다하고 기운이 다하면
죽을 뿐이다. 하지만 귀신에게 죽고 권모로 인해 죽는 것이 어찌
제명을 누린 것이겠는가?

役鬼者氣衰, 必爲鬼所戕. 嗜權者運盡, 必爲權所斃. 人固有一死. 運氣訖則
死爾. 然死鬼死權, 豈正命耶.
―「醒言」

술수로 일어난 자는 술수로 망하게 되어 있다. 귀신을 부려 못하는 짓이 없던 자도, 기운이 떨어져 귀신을 제어하지 못하게 되면 부림을 당하던 귀신이 해코지를 한다. 권모술수를 좋아해서 제 운수를 믿고 함부로 날뛰던 자들은 그 운이 다하면 반드시 패가망신하고 만다. 술수를 부려 안 될 일을 되게 하고, 남들이 가늠치 못할 일을 척척 처리할 때는 기고만장해서 눈에 보이는 것이 없다. 하지만 운이 꺾이고 기운이 쇠약해지면 하늘을 찌르던 기세는 간 데가 없고, 늘 따라다니던 운은 나를 비껴만 간다. 그때 가서 누구를 원망하고 누구를 탓하랴. 결국 자기 도끼로 제 발등을 다 찍은 뒤, 저만 망하지 않고 온 집안과 함께 망한다.

이해

겸손하고 공손한 사람이 자신을 굽히는 것이 자기에게 무슨 손해
가 되겠는가? 사람들이 모두 기뻐하니 이보다 더 큰 이익이 없다.
교만한 사람이 포악하게 구는 것이 자기에게 무슨 보탬이 되겠는
가? 사람들이 모두 미워하니, 이보다 큰 손해가 없다.

謙恭者屈節, 於己何損. 而人皆悅之, 利莫大焉. 驕傲者暴氣, 於己何益. 而
人皆嫉之, 害孰甚焉. ─「醒言」

겸손과 비굴은 다르다. 교만과 자부는 같지 않다. 이 둘을 혼동하
면 안 된다. 낮추면 높아지고, 높이려니 낮아진다. 사나운 성질을
부려 남이 쩔쩔매게 하는 것은 잠깐의 통쾌함을 얻을 뿐 치러야
할 대가가 크다. 일시의 통쾌함을 백일의 근심과 맞바꾸려 들지
말라. 기운을 마구 부리면 뒷감당이 어렵다. 자신을 감추고 목소
리를 낮추면, 오히려 드러나서 남의 존중을 받는다. 탐욕은 파멸
을 부르고 겸손은 이익을 가져온다. 눈앞의 득실만이 전부가 아
니다. 다 얻고도 모두 잃는 이가 있고, 모두 잃었지만 다 얻는 사
람도 있다.

호랑이 잡는 법

맹호는 포수를 만나면 짐짓 피하지 않고 있다가 포수가 그 앞에서 고함을 치면 어김없이 재빠르게 앞으로 다가와 칼날이 빽빽이 있어도 두려워하지 않는다. 호랑이가 오기를 기다렸다가 발사하면 백발백중이니, 호랑이를 잡기는 어렵지 않다. 다만 포수가 겁을 집어먹고 호랑이가 다가오기를 기다리지 못할 뿐이다.

猛虎遇砲, 故不之避. 砲者喝令之前, 則必奮迅而前. 挺刃如束, 不懾也. 待其逼而發, 則無不中矣. 虎固不難獲也. 特砲者膽怯, 不能待其逼也.
―「醒言」

기다릴 줄 아는 사람이 기회를 잡는다. 기다림은 늘 두려움을 동반한다. 혹시 쏘아서 맞추지 못하면 어찌하나, 너무 늦은 것은 아닐까, 이런 조급함과 노파심이 사정거리에 들어오기도 전에 총을 쏘아 호랑이에게 치명상을 입히지 못하고, 도리어 자기가 해를 입고 만다. 마냥 무턱대고 기다리는 것은 무모하지만, 서둘러 일을 그르치고 마는 것은 더욱 안타깝다.

應報

상관관계

자식이 살찌면 어미는 마른다.
사람이 성하면 땅이 괴롭다.
꾸밈이 많아지면 풍속이 피폐해진다.
당파가 드세면 나라가 쇠잔해진다.

子肥母壞, 人盛地剝, 文勝俗敝, 黨熾國削.
—「質言」

제 양식을 덜어 자식을 먹이려는 것은 어미의 마음이다. 사람이
많아지면 그 먹을 것을 대느라 땅이 바빠진다. 풍속이 경박해져
서 겉꾸밈을 숭상하면, 풍속이 덩달아 피폐해진다. 패거리를 지
어서 저마다 자기의 이익만을 앞세우면 나라의 운명을 예측하기
어렵다. 자식을 먹이느라 어미가 마르고, 사람이 많아져서 땅이
바쁜 것이야 견딜 만해도, 쓸데없는 꾸밈으로 풍속이 부화浮華로
흐르고, 당쟁만을 일삼아 나라의 힘이 쪼개지는 것은 안 된다.

쟁탈

속담에 "임금과 아비는 속일 수 있어도, 입과 배는 속일 수가 없다"고 했다. 입과 배를 두려워할 만함이 이와 같다. 사람마다 모두 이러한 마음을 지녔으니, 다투어 빼앗는 것이 어떻게 그치겠는가?

鄙言曰: 君父可欺, 口腹不可欺. 口腹之可畏如此. 人人皆有此心, 爭奪安從而息哉. ―「醒言」

인륜은 버려도 배고픈 것은 못 참는다. 마음은 속여도 고픈 배는 못 속인다. 몇 끼만 굶으면 못 하는 짓이 없다. 굶주림 앞에서는 체면도 없고 염치도 없다. 그러니 입과 배는 얼마나 무서운 것이냐? 세 끼 끼니를 거르지 않을 수만 있다면 영혼이라도 팔 기세다. 세상이 각박해질수록 이런 마음이 커져간다. 수단과 방법을 가리지 않고 더 갖고 다 갖기 위한 쟁탈전이 치열해진다.

문벌과 당파

문벌로 등용함이 성해지자
겸손하고 삼가는 기풍이 끊어졌다.
당파의 다툼이 혹독해지면서
물러나 양보하는 풍속이 사라졌다.
윗사람이 아랫사람을 짓밟고
아랫사람이 윗사람에게 난폭하게 굴면서
천재天災와 인화人禍가 함께 일어났다.

門閥之用盛, 而孫弟之風絶. 黨目之爭酷, 而退讓之俗熄. 上犯下暴, 災禍並
作. ―「醒言」

패거리 짓기가 늘 문제다. 제 편이면 무조건 끌어주고, 남이면 한
사코 배척한다. 반대를 위한 반대를 거리낌없이 하고, 옳고 그름
에 상관없이 무리 지어 어울린다. 힘있는 사람은 힘을 믿고 멋대
로 굴고, 힘없는 사람은 될 대로 되라는 심정으로 막무가내로 논
다. 문벌이 성하고 당목黨目이 거세지면 겸손도 사양도 찾을 수가
없다. 전부 아니면 전무全無로 너 죽고 나 죽자는 식의 살벌함만
남는다. 이러고도 제대로 굴러가는 나라는 있을 수가 없다.

이름

명교名教와 명분名分, 명의名義와 명절名節은 모두 세상을 살아가는 데 중요한 것이다. 그런데 이름 명名자를 앞에다 내걸었다. 그러니 이름을 가벼이 여길 수 있겠는가? 노자老子 또한 이름을 소홀히 여긴 사람이 아니다. 『도덕경』 제1장에 이름을 도道와 나란히 놓고 이렇게 말했다. "이름을 이름 지어 부를 수 있다면 변치 않는 이름이 아니다." 도가 있는 곳에는 이름이 또한 따라가게 마련이니, 이름을 버리고서 도를 행한다는 말을 나는 들어본 적이 없다. 대저 이름을 좋아하면 그 폐단이 세상을 병들게 하기에 충분하고, 이름을 저버리면 그 폐단이 장차 어디까지 이르겠는가?

名教名分名義名節, 並持世之大者. 而名皆標其首, 名可輕乎? 老君亦非鑣名者也. 道德首章, 乃以名配道而曰: "名可名, 非常名." 道之所存, 名亦隨之, 捨名而爲道, 吾未之聞也. 大抵好名之弊, 固足以病世, 畔名之弊, 其將安所至耶?

—「醒言」

사람은 이름 간수를 잘해야 한다. 이름은 나와 남을 구분지위준다. 내가 내 이름을 옳게 지니면 남들이 나를 존중하고, 내가 내 이름을 바로 간수하지 못하면 나를 더럽게 본다. 무명無名은 서러우니, 누구나 유명해지고 싶어한다. 유명해지려면 이름값을 치러야 한다. 명실名實이 상부해야지, 뜬 이름을 붙좇으면 안 된다. 실속도 없이 헛된 명예만 좋아하면 그 집착으로 제 몸을 망치고 남에게 피해를 준다. 내가 내 이름을 더럽히면 도도 함께 시궁창에 처박혀서 이후로는 못하는 짓이 없게 된다. 도를 지니려면 먼저 자기 이름 앞에 부끄럽지 않은 인간이 되어야 한다.

강약의 조절

밝은 임금이 세상을 다스림은, 몹시 약한 자를 살펴 붙들어주고, 가장 강한 자를 드러내 억누른다. 이 둘이 공평해지면 정치가 안정되어 나라가 편안해진다. 약한데도 붙들어주지 않으면 반드시 도적이 된다. 설령 도적이 되지 않는다 해도 그들의 원망과 한탄은 하늘의 재앙을 불러오기에 충분하다. 강한데도 억누르지 않으면 반드시 반역의 무리가 된다. 설령 반역하지는 않는다 해도 그 교만 방자함이 세교世敎를 무너뜨리기에 충분하다.

明主之馭世, 察其甚弱者而扶之, 晰其最强者而抑之. 二者平, 則治定而國安. 弱而不扶, 必爲盜賊, 縱不爲賊, 怨懟足以召天災. 强而不抑, 必爲亂逆, 縱不爲逆, 驕肆足以敗世敎. ―「醒言」

혼자 힘으로 문제를 해결할 수 없는 사람에게 손을 건네주면 그 고마움이 이를 데 없다. 제힘만 믿고 설치는 자들은 함부로 날뛰지 못하게 제동을 걸어주지 않으면 안 된다. 그렇지 않으면 그 교만이 끝간데 없어, 마침내 못하는 짓이 없게 된다. 나라를 다스리는 이치도, 조직을 이끄는 힘도 다 여기서 나온다. 약한 자는 북돋우고 강한 자는 지그시 눌러, 둘 사이에 균형을 잡아주는 일, 원망은 풀어주고 교만은 꺾어서 극단으로 치닫지 못하게 하는 일이 리더가 할 일이다.

盛衰

성쇠

家集序

甚忠發於甚言擇於甚善蓋

성쇠의 이치

성하면 쇠하게 되고,
지극히 성하면 패망한다.
이는 하늘의 이치니, 피할 수 있는 사람이 없다.
다만 성함에 처해서도 위태로운 듯이 여기는 자만이 패망을 면한
다.

盛則衰, 極盛則敗, 此天理也, 無可逃者. 惟履盛如危者免.
―「質言」

달도 차면 기울고, 청춘은 한번 가면 다시 오지 않는다. 눈앞의 권
세를 믿고 함부로 날뛰지 마라. 가장 최고에 섰다고 생각할 때 몸
을 한껏 낮춰라. 이제부터는 내리막길이려니 생각하고 실족하지
않을까 염려하고, 몸단속을 더욱 엄히 하라. 기고만장이 패망을
부른다. 전전긍긍하여 말 한 마디 발 한 걸음을 조심해야 그 복을
지켜갈 수가 있다.

귀신

물이 썩으면 이끼가 생기고,
나무가 썩으면 영지靈芝가 돋는다.
쌀이 썩어 술이 되고,
사람은 썩어 귀신이 된다.

水朽生苔, 木朽生芝, 米朽成酒, 人朽成神.
—「質言」

물은 썩으면서 이끼를 만든다. 썩은 나무에서는 영지버섯이 돋아
난다. 쌀은 발효가 되어 맛있는 술로 변한다. 썩는다는 것은 없어
지는 것이 아니라 새로운 다른 무엇으로 변하는 출발점이 된다.
썩어서 나쁘게 되는 것이 있지만, 썩어야 좋게 변하는 것도 있다.
사람은 썩어 무엇이 될까? 육신은 흙으로 돌아가고, 갈 곳 잃은
영혼은 구천을 떠도는 귀신이 된다.

전화위복

실패와 역경과 비방은 모두 사람들에게 늘상 있는 것들이다.
조용히 가라앉히면 절로 마땅히 아무 일이 없다.
아무 일이 없을 뿐 아니라 실패했더라도 다시 일어설 수가 있고,
역경을 돌려 순경으로 만들 수 있으며,
뜬금없는 비방을 돌려 복이 되게 할 수 있다.
오직 기운을 가라앉히고 분수에 편안한 자만이 이를 능히 한다.

敗運逆境橫謗, 皆人之所常有也. 靜以鎭之, 自當無事. 非有無事, 敗可以復
興, 逆可以復順, 而橫謗反爲之福. 惟降氣安分者能之.
―「醒言」

실패의 경험이 성공을 만들고, 역경이 있어야 순경順境이 달다. 까닭 없는 비방은 누구든 따라다니게 마련이다. 실패에 휘둘리고 역경에 주저앉고 비방에 무너져서는 아무 일도 못한다. 실패를 딛고, 역경을 넘어, 비방을 극복해야 큰일을 할 수 있다. 하지만 실패한 당사자는 좌절감을 못 견디고, 역경 속에서는 한 치 앞도 안 보인다. 비방을 받고 보면 허둥지둥하다가 제풀에 꺾인다. 이럴 때 한발 뒤로 물러나 마음을 차분히 가라앉혀 원인을 분석하고 대책을 강구하면 다시 길이 열린다. 욕심을 걷어내면 캄캄하던 눈앞이 다시 또렷해진다.

성쇠의 조짐

한 집안의 눈앞의 성쇠는 손님으로 알고,
훗날의 성쇠는 자손으로 안다.

人家目下盛衰, 以賓客知. 日後盛衰, 以子孫知.
―「質言」

들락거리는 손님을 보면 집안의 현재 위상이 드러난다. 잘나갈
때는 집앞에 수레가 줄을 서고, 선물 들고 오는 이에 문지방이 닳
는다. 그러다가 한번 실족하여 권력에서 멀어지니 그 많던 발길
이 뚝 끊겨 대문에 거미가 줄을 친다. 코앞의 성쇠보다 훗날의 성
쇠를 알고 싶은가. 그 자손을 보면 알 수가 있다. 자손이 경박해
서 자꾸 문제만 일으키고 선대의 복업福業을 까먹는다면 지금 비
록 성대해도 쇠퇴가 멀지 않았다. 지금 비록 어려워도 자손의 눈
빛이 밝고 뜻이 굳세며 진취하는 기상이 있다면, 일후 창성昌盛의
조짐인 것이다.

이름과 재주

이름은 오래 머물면 안 되고,
재주는 늘상 쓰면 안 된다.

名不可久居, 才不可常用.
―「質言」

이름이 너무 오래 드러나면 공격의 표적이 된다. 재주를 자꾸 쓰
면 뒷감당이 안 된다. 바탕을 다지고 실질을 갖춰야 묵직하게 오
래간다. 재주만으로는 오래 버틸 수가 없다. 이름만 높고 실질이
없는 것을 군자는 부끄러워한다. 대단한 줄 알았는데 별게 아니
더란 소리를 듣느니, 우습게 보았다가 큰코다치는 사람이 되는
편이 낫다. 이름은 감추고, 재주는 숨겨라.

때를 만남

사물이 때를 만나면[得時] 사람에게는 해롭다. 벼룩이나 전갈이 사람을 물어뜯어 먹을 때야 어찌 사람의 괴로움을 알겠는가. 다만 때를 만난 것일 뿐이다. 맹수는 더 말할 것도 없다. 그러니 강아지풀이 때를 만나면 곡식에게 해가 되고, 참새나 쥐가 때를 만나면 창고에 해를 끼친다. 소인이 때를 만나면 군자에게 해롭고, 오랑캐가 때를 만나면 중국에 해악을 끼친다. 이로 미루어볼진대, 해가 되는 것을 하나하나 이루 다 꼽을 수 있겠는가? 하늘은 이를 함께 기른다. 성인이 이를 위해 보좌하여 성대한 것을 눌러 해로움을 제거한다. 해로움을 제거할 뿐 아니라 또 이로 하여금 사람에게 쓸모 있도록 이끈다. 사물의 본성으로 보면 어긋나는 것이니, 소에 코뚜레를 하고 말에 굴레를 씌우며, 새매에 줄을 매다는 것이 어찌 그 본성에 맞는 것이겠는가.

物之得時, 人之害也. 蚤蝎嘬人而食, 豈知人之苦哉. 正惟得其時爾, 猛獸固無論也. 故稂莠得時, 嘉穀之害也. 雀鼠得時, 倉庾之害也. 小人得時, 君子之害也. 夷狄得時, 中國之害也. 以此推之, 爲害者, 可歷數哉. 天則並育之矣. 聖人爲之裁輔, 抑其盛而去其害. 不惟去害, 又使之趨用於人. 物之性則乖矣 馬牛穿絡, 鷹鸇絿絏, 豈其性哉. ―「醒言」

범이 사람을 물고 잡초가 곡식을 해치는 것은 특별히 사람을 괴롭히자고 하는 일이 아니라 저 먹고 살자고 하는 일이다. 따지고 보면 사람이 곡식을 지키려고 잡초를 뽑아내는 것도 잡초의 입장에서 보면 뜻하지 않은 횡액을 만난 셈이다. 하나에게 득이 되자면 다른 하나에게는 해가 되는 것이 정한 이치다. 하늘은 천지만물을 모두 공평한 마음으로 기른다. 새의 둥지를 넘보는 뱀을 어찌 악하다 하겠는가? 새들은 또 벌레를 살육하지 않는가. 그 뱀을 또 사람이 먹고, 사람은 범에게 먹힌다. 누가 누구를 나쁘다 하고, 누가 누구를 탓하겠는가. 소에게 코뚜레를 꿰어 일을 시키고, 말에게 재갈을 물려 달리게 하며, 매에게 끈을 묶어 사냥 시키니, 짐승의 입장에서 보면 사람은 또 얼마나 악한 존재인가. 하지만 사람이 사람 중심으로 만물을 대하는 것은 어쩔 수 없다 해도 소인이 군자를 괴롭히고, 악인이 선인을 못 살게 구는 것은 가증스럽다. 성인은 나쁜 기운이 성해지는 것을 미연에 막아 그 해로움을 미리 제거한다. 혹은 그것을 잘 이용해서 오히려 이롭게 한다.

운명

미천하여 귀하게 될 수 없는 것은 때가 맞지 않아서다. 가난해 부자가 될 수 없는 것은 운명 탓이다. 나약해서 굳세지 못한 것은 타고난 바탕이 그래서다. 어리석어 현명하지 못한 것은 자질 때문이다. 요컨대 사람과 하늘이 서로 맞지 않았기 때문이다. 현달한 사람은 궁한 이를 욕하며 말한다. "운명이 어찌 저처럼 궁하겠는가? 재주가 없기 때문이다." 궁한 이는 도리어 이렇게 나무란다. "운명이 어찌 저처럼 형통하단 말인가? 재주 때문이 아니다." 두 사람의 말이 모두 근거가 있다. 하지만 이를 합쳐야 한다. 대저 궁한 사람은 운명도 기박하고 재주도 없는 경우가 많고, 현달한 사람은 운명이 형통하고 재주가 있는 경우가 많다.

賤而不能貴者, 時也. 貧而不能富者, 命也. 弱而不能武者, 材也. 愚而不能賢者, 質也. 要之, 人天不相合也. 達者詈窮曰:"命豈如彼之窮哉, 坐無材也."窮者反詈曰:"命獨如彼之通也, 豈其材哉."二言皆有據也. 然合之乃可. 大抵窮者多命薄而無材, 達者多命通而有材. —「醒言」

능력이 있는데 운명이 기구하니, 불행은 운명을 탓한다. 능력 없이도 행운이 늘 따르니 제 능력이 대단한 줄로 착각한다. 남의 행운은 요행이라 하고, 자신의 불행은 운수라 한다. 대체로 일이 꼬이는 것은 운수가 사나워서가 아니라 내 역량이 미치지 못해서다. 일이 잘 풀리는 것은 운이 받쳐준 때문이기도 하지만, 적절한 판단과 행동이 뒷받침되었기 때문이다. 네 덕 내 탓 해야지, 내 덕 네 탓 하면 안 된다. 원망을 쌓지 말고 역량을 쌓아라.

해로움을 멀리하는 법

아침 해와 저녁 해는 한 햇빛이 옮겨간 것이다. 무더위와 매서운 추위는 같은 기운이 변화한 것이다. 여기에서 얻으면 반드시 저기에서 잃게 마련이다. 처음에 장하면 끝에 가서 반드시 시들게 된다. 그 반대도 마찬가지다. 그런 까닭에 지극한 사람은 세상을 살아가면서, 높은 자리를 사양하여 낮은 곳에 거하고, 부유함을 사절하여 가난하게 지낸다. 영화로움이 없으면 시듦도 없고, 공이 없으면 죄도 없으며, 복이 없으면 화도 없다. 몸을 온전히 하고 해악을 멀리함에 이보다 나은 방법은 없다.

朝暉夕照, 一景之移也. 盛暑祁寒, 一氣之變也. 得於此則必失於彼, 盛於始則必衰於終. 其反也亦如之. 故至人之居世也, 辭尊而居卑, 辭富而居貧, 無榮則無悴, 無功則無罪, 無福則無禍. 全身遠害, 孰過於此.

—「醒言」

늘 좋을 수는 없고 항상 나쁜 법도 없다. 잠깐의 득의에 우쭐대는 일, 순간의 실의에 좌절하는 것은 지혜로운 사람의 처신과 거리가 멀다. 영화 끝에 패망이 있고, 공을 세우려다 죄를 얻는다. 평소에 낮추면 높아질 일만 있고, 평소에 검소하면 큰 어려움도 쉽게 넘어갈 수 있다. 잔뜩 움켜쥐고 있다가 빼앗기면 박탈감을 견딜 수 없다. 높은 자리에서 밀려나면 자괴감을 참지 못한다. 끝까지 가면 안 된다. 남겨 두고 아껴 두려는 마음을 지녀야 한다.

곤궁과 굶주림

인정에 누군들 부귀를 사모하고 빈천을 싫어하지 않겠는가. 하지
만 평범한 사내의 빈천이야 본디 그 분수지만, 재주가 뛰어난 자
의 곤궁과 굶주림은 범과 이리의 주림과 같아서 그 형세가 반드
시 사람을 물어뜯기에 이르니 어찌 두렵지 않겠는가? 맹수가 산
에 있으면서 날마다 토끼 한 마리의 먹이를 구한다면 어찌 즐겨
함정을 밟으면서 바깥에서 먹을 것을 구하겠는가? 그런 까닭에
재주가 빼어난 자로 하여금 심한 굶주림에 이르지 않게 한다면
반드시 목숨을 버려가면서 부귀를 욕심내지는 않을 것이다.

人情孰不戀富貴, 而厭貧賤哉. 然庸夫之貧賤, 固其分也, 材俊之窮餓, 猶虎
狼之饑, 其勢必至噬人, 可不畏哉. 猛獸在山, 求日餌一兎, 豈肯蹈機窄, 而
求食於外哉. 故使材俊不至甚餓, 必不捐軀命而博富貴也.
─「醒言」

건강한 범은 사람을 물지 않는다. 범이 사람을 해치는 것은 발톱과 이빨을 다쳐 야생의 짐승을 사냥할 수 없기 때문이다. 범이 제 힘으로 제 먹잇감을 사냥할 수 있으면 굳이 함정의 위험을 무릅쓰고 인간의 마을로 내려오지 않는다. 사람도 그렇다. 재주 있는 자의 곤궁은 남을 해코지하기에 이르니 조심하지 않으면 안 된다.

원망

과부는 남도 모두 과부가 되었으면 하고, 궁한 사람은 남도 모두 가난해졌으면 한다. 자기를 슬퍼하는 마음이 남을 해치기에 이른 것인데, 어찌 그의 본심이겠는가. 원망 많은 사람이 재앙을 기꺼워하고, 주린 백성이 난리를 생각하는 것도 이와 마찬가지다. 법을 집행하는 사람이 비록 죄를 주지 않을 수는 없겠지만, 그 마음을 헤아려서 죄를 준다면 죄를 받는 사람 또한 원망이 없을 것이다. 두보의 시에 말했다. "검소의 덕을 다만 행할 뿐, 도적도 본래는 왕의 신하일세." 이 말로 경전을 보충할 만하다.

寡婦欲人之皆寡, 窮人欲人之皆窮. 悼己之心, 乃至忮人, 豈其本情哉. 怨夫之樂禍, 飢民之思亂, 亦猶是也. 持法者, 雖不得不誅, 然恕其心而罪之, 則被罪者, 亦無怨. 杜工部詩云: "不過行儉德, 盜賊本王臣." 此語可以補經.
―「醒言」

도처에서 단말마의 비명과 저주가 들린다. 노력해도 안 되니 분노만 커진다. 가난이 원망이 되고, 원망이 쌓여 분노를 만든다. 나만 망하지 말고 다 망해버렸으면 싶고, 이유도 없이 다 죽여버리고 싶다. 그도 한때는 사랑받는 자식이었고, 칭찬받는 학생이었다. 미래를 꿈꾸고, 꿈을 이루려고 가슴 설레던 젊음이었다. 도저히 어찌해볼 수 없다는 절망이 남을 향한 증오를 키운다. 어찌 그만을 탓하랴. 함께 돌아보아야 하지 않겠는가.

부귀와 빈천

사람이 젊어서 빈천을 겪는 것은 복이다.
사물은 늘상 좋은 법이 없고,
이치는 항상 왕성한 경우가 없다.
진실로 먼저 부귀한 뒤에 빈천을 겪게 된다면
장차 어떠하겠는가?
하물며 옥을 이루는 것임에랴.

人之少經貧賤, 福也. 物無常好, 理無常旺. 苟使先富貴而後貧賤, 則將若之
何哉. 況其玉成之耶.
─「醒言」

젊어 고생은 사서도 한다. 젊은 날의 안락은 독이지 행운일 수 없다. 실패와 시련을 겪어보지 않고는 큰 성공도 없다. 이것을 딛고 일어서야 비로소 큰일을 할 수 있다. 빈천의 처지에서 부귀로 올라가면 그 맛이 달고 고맙지만, 부귀의 처지에서 빈천으로 곤두박질하게 되면 차마 견디기가 어렵다. 옥불탁玉不琢 불성기不成器라 했다. 옥도 쪼아내는 단련이 있어야 아름다운 그릇이 된다. 쪼고 갈고 닦지 않으면 그대로 거친 돌덩이일 뿐이다. 시련으로 쪼고, 역경으로 갈아내야만 비로소 반짝반짝 빛나는 옥그릇이 된다. 보물이 된다.

나무 인형과 흙 인형

권세 있는 사람과 권세 없는 사람은 나무 인형과 흙 인형이 다른 것과 같다. 실패했을 때, 권세 없는 사람은 흙 인형이 흙으로 돌아가는 것과 같아서 성패가 한가지다. 권세 있는 사람은 나무 인형이 물에 떠가는 것과 같으니, 끝내 어디에 멈추어 정박할 것인가?

有勢無勢之人, 猶土木偶之別也. 方其敗也, 無勢者猶土偶之歸土, 成敗等也. 有勢者猶木偶之漂流, 終安所止泊哉.
—「醒言」

워낙 없던 사람은 작은 것이 생겨도 감사하고, 잃어도 그러려니 한다. 양손에 잔뜩 움켜쥐고 있던 사람은 조금만 잃어도 다 잃은 것 같고, 다 잃으면 견디지 못해 마침내 큰일을 저지른다. 흙 인형 이야 물에 빠지면 다시 흙으로 돌아가면 그뿐이다. 나무 인형이 물에 빠지면 그 꼴 그대로 제 의지와 상관없이 이리저리 끝도 없 이 떠밀려 다닐 뿐이다. 지금의 권세가 달콤하고 좋아도 결국은 강물 위를 떠다니는 나무 인형의 신세가 되고 만다. 그나마 이는 나은 편에 속한다. 곤궁 속에서 지난날의 영예를 곱씹으며 살다 가 도랑에 뒹구는 자가 어디 한 둘이겠는가. 사람은 권세 무서운 줄을 알아야 한다.

治亂

치란

六中
龍龍
曰寧
至三

發集序

甚忠㧤於甚言擇於甚芳芺

대간

대간臺諫이란 권신權臣과 간신奸臣을 제어하는 것이다. 하지만 권신이나 간신이 어질고 곧은 신하를 죽이는 것 또한 대간의 손을 빌리지 않는가? 군대로 난리를 평정하지만, 난리가 또한 군대로 인해 일어나는 것과 마찬가지 이치다. 그런 까닭에 치세에는 대간이 국가의 눈과 귀가 되고, 난세에는 권신과 간신의 발톱과 어금니가 되어 나라에 화를 입힌다. 어떻게 다루느냐에 달렸을 뿐이다.

臺諫所以制權奸也. 然權奸之戕賢直, 不亦假手於臺諫哉. 猶師旅以靖亂, 而亂亦由師旅興也. 故治世則臺諫爲國家之耳目, 亂世則爲權奸之爪牙, 以禍國, 在馭之而已. ㅡ「醒言」

대간은 바른말로 임금을 보좌하는 일을 맡는다. 나라의 이목이 되어 정의의 표준을 세운다. 대간의 역할이 살아 있으면 간신과 권신이 이를 두려워해서 나쁜 짓을 못하고, 권력을 제멋대로 휘두르지 못한다. 권신과 간신들은 그래서 끊임없이 대간을 제편으로 끌어들여 그 입과 귀를 막고, 나라를 마음껏 농단하려 든다. 대간의 역할을 보고 치세와 난세를 가늠할 수 있는 까닭이 여기에 있다. 군대는 전쟁을 막지만, 군대는 전쟁을 일으키기도 한다. 잘하면 나라가 보전되고, 잘못하면 나라가 망한다.

근원과 흐름

작은 일에서 그 근원이 드러나고,
큰일에서 그 흐름이 밝혀진다.

小德徵其源, 大德徵其流.
—「醒言」

일상의 사소한 범절에서 그 사람의 본바탕이 드러난다. 큰일에
닥치면 그 그릇을 알 수 있다. 몸가짐을 함부로 하지 않는 것은 바
탕 공부를 다지는 일이고, 위기는 그간의 공부를 시험해볼 좋은
기회다. 작은 일이 쌓여서 큰일을 처리할 역량이 생긴다. 작은 것
을 소홀히 하면 큰일도 못한다. 근원이 있는 물이라야 흘러 흘러
바다까지 간다. 길바닥에 고인 물은 햇볕만 잠깐 나도 바싹 말라
버린다.

무게

뭇 이치가 다 드러나도 은미한 것이 그 기미를 잡고 있다.
온갖 사물이 다 움직이지만 고요한 것이 저울질을 주관한다.
그런 까닭에 북극성은 지극히 어둡고, 북두칠성은 희미하다.
지극한 공경은 꾸밈이 없고, 큰 음악은 소리가 없다.

衆理皆著, 微者執機. 萬品皆動, 靜者主權. 故辰極晦, 斗樞沬, 至敬無文, 大
樂無聲. ―「質言」

겉으로 나대는 것은 하나도 겁날 것이 없다. 조용히 보이지 않는
움직임이 더 무섭다. 큰 흐름은 얼핏 보아서는 잔잔해 보인다. 물
결은 얕은 여울에서 더 크게 일렁인다. 겉으로 보이는 것이 다가
아니다. 겉보기에 대단한 사람은 뒤가 무르다. 고수는 겉보기에
늘 평범해 보인다. 하지만 문제가 생겼을 때 척 나서서 해결하는
사람은 평소 큰소리로 떠들던 허우대 멀쩡한 사람이 아니라, 있
는 듯 없는 듯 조용히 제자리를 지키고 있던 사람이다. 말수를 줄
이고, 꾸밈을 거두고, 천근의 무게를 깃들여라.

고금의 차이

세상 사람들은 늘상 고금의 풍속이 다르다고 말하곤 한다. 절대로 그렇지 않다. 지금의 풍속이나 옛날 풍속이나 한가지다. 『서경』의 「순전舜典」에 말했다. "오랑캐가 중국을 어지럽히고, 도적들이 간악한 짓을 한다." 후세의 화란 또한 이 두 가지에서 말미암았다. 『서경』의 「주고周誥」에 말했다. "집마다 붕당을 이뤄 원수가 되고, 권세를 끼고서 서로를 죽인다." 후세에 다투어 빼앗는 것도 이와 같을 뿐이다. 『장자』「열어구列禦寇」에 말했다. "명을 한 번 받더니 등뼈가 꼿꼿해지고, 명을 두 번 받고는 수레 위에서 춤추며, 명을 세 번 받자 숙부의 이름을 함부로 부른다." 후세의 신분이 높다 하여 교만한 자 또한 이를 벗어나지 않는다. 지금에 와서 장자의 시대를 보면 어찌 까마득한 상고 적이 아니겠는가? 우虞 나라와 주周 나라는 실로 말할 것도 못 된다.

世常言古今異俗, 是殆不然. 今之俗, 猶古之俗也. 舜典曰: "蠻夷猾夏, 寇賊奸宄." 後世之禍亂, 亦由此二者也. 周誥曰: "朋家作仇, 脅權相滅." 後世之傾奪, 亦如是而已. 莊生之書曰: "一命而呂鉅, 再命而車上舞, 三命而名諸父." 後世之驕貴者, 亦不過此. 今視莊生之世, 豈不誠上古哉. 虞周固勿論也. ㅡ「醒言」

세상 이치는 변한 적이 없다. 태곳적의 순박한 시절에도 오랑캐의 포학과 도적의 간악함은 있었다. 패거리 지어 남 괴롭히고, 권세를 이용해 남의 것을 빼앗는 자들은 늘 있었다. 조금만 잘나가면 앞뒤 가리지 못하고 날뛰는 인간들의 행태는 언제나 똑같았다. 옛날이 지금의 거울이 되는 이유, 역사가 현재의 등불이 되는 까닭이 여기에 있다. 인간은 발전하는 존재가 아니다. 다만 둘러싼 환경이 변할 뿐이다.

쓸모

온화하고 여유로운 자태는 치세에는 쓸 수 있어도 난세에는 쓸 수가 없다. 펼쳐 떨치는 굳센 기상은 난세에는 쓸 수 있어도 치세에는 쓸 수가 없다. 안락함을 함께하는 사람과 환난을 함께하지는 못한다. 오리 다리를 길게 하고, 학의 다리를 짧게 하는 것은 각자를 망치기에 꼭 맞다. 쓰이고 안 쓰임을 어찌 세상 탓만 하겠는가?

雍容暇豫之姿, 可用之治, 而亂則不可用, 發揚蹈厲之氣, 可用之亂, 而治則不可用. 安樂與共者, 共患難則未也. 鳧鶴長短, 正合自傷, 用不用, 詎宜咎世哉. ―「醒言」

같은 재능도 치란治亂의 자취에 따라 쓸모가 달라진다. 치세에는 조화를 해치지 않고 갈등 없이 잘 이끌어나갈 화합형의 인재가 필요하다. 난세에는 반대를 무릅쓰고 목표를 향해 밀어 붙이는 카리스마가 있어야 한다. 반대로 하면 세상이 어지러워진다. 학에게 오리가 되라고 요구해서는 안 된다. 오리더러 학이 되라고 강요할 일도 아니다. 학에게 헤엄을 가르치려 들면, 고생만 하고 보람이 없다. 저마다 꼭 맞는 쓰임이 있다. 그 쓰임에 따라 적재적소에 놓이면 될 뿐, 공연히 세상 탓하고 남 원망할 것이 없다.

은혜

남에게 은혜를 베풀고서 이를 잊는 것은 하늘의 도리로 스스로를 공정하게 하는 것이다. 남에게 은혜를 받고서 잊지 않는 것은 사람의 도리로 스스로를 다잡는 것이다. 대저 일을 이루는 것이 어찌 사람의 힘이겠는가? 이를 거래하려 들면 하늘을 탐하는 것이다. 은혜를 갚는 것은 사람의 직분이다. 이를 잊는다면 의롭지 않은 것이다.

施恩於人而忘之, 以天道自公也. 受恩於人而不忘, 以人道自敕也. 大抵成事豈人力哉. 市之則貪天也. 報恩人之職也, 忘之則不義.
—「醒言」

베푼 것은 빨리 잊고, 받은 것은 잊지 말라. 사람들은 거꾸로 한다. 받은 것은 금세 잊고, 알량하게 베풀어놓고 두고두고 얘기한다. 조금 힘을 보태고는 자기가 다 했다고 한다. 일이 되고 안 되고는 사람의 일이 아니다. 이를 기필하면 하늘 앞에 욕심을 부리는 일이 된다. 은혜를 입고도 갚을 줄 모르면, 상종하지 못할 불의한 인간이다. 베푼 이는 다 잊었는데, 받은 이가 굳이 갚으려 드니 그 마음이 아름답다. 받은 이는 까맣게 잊고 있는데, 베푼 이가 갚으라고 성화를 해대니 첫 마음이 부끄럽다.

도리

하늘의 도리는 가면 돌아오지만, 사람의 일은 한 번 가면 다시 오지 않는다. 그래서 달이 기울면 다시 차올라도, 사람이 늙으면 다시 젊어질 수가 없다. 찼다가는 반드시 기울고, 성대하다가 반드시 쇠하게 되는 것만은 같다.

天道有往則廻. 人事則往不復廻. 故月缺則復圓, 人衰而可復盛耶. 乃其圓而必缺, 盛而必衰則同. ―「醒言」

하늘의 운행은 순환하여 돌고 돌지만, 사람의 일은 일직선상의 단선적 진행만 있다. 보름달이 그믐이 되어도, 그때부터 다시 그 다음 보름까지 조금씩 차오른다. 하지만 사람은 한번 늙어지면 그뿐이다. 성대하다가 쇠퇴하는 법은 있어도 그 반대는 없다. 그래서 사람은 꽉 찼을 때를 경계해야 한다. 그때부터 차츰 덜어내서 텅 비우고 나서 세상을 떠난다. 아등바등 놓지 않으려고 발버둥을 치다가는 빈 두 손 앞에 삶이 부끄럽게 된다. 계속 보름달일 줄로만 알다가 막판에 자신을 잃고 망연자실하는 사람이 뜻밖에 많다.

빈궁과 영달

궁함을 숨기는 것은 사람의 보편된 정서다. 하지만 현달하고 나서도 궁함을 숨기는 것은 천한 장부나 하는 짓이다. 처음에 가난하고 천하였지만 나중에 부귀하게 되는 것은 장부의 통쾌한 일이다. 그런데 어째서 이를 숨긴단 말인가? 진실로 내가 이를 감춘다면 남들이 문득 이로써 나를 꼬투리 잡아 궁함이 더욱 드러나게 될 것이다. 대저 어진 선비는 궁하거나 달하거나 한결같다. 영웅은 달하게 되면 문득 사치를 부려 득의함을 드러낸다. 하지만 재앙으로 끝마치지 않는 자가 드물다.

諱窮, 固人之常情. 然達而諱窮, 賤丈夫也. 先貧賤而後富貴, 丈夫快事也, 乃諱之耶. 苟我諱之, 人便以是持我, 窮益彰矣. 夫賢哲之士, 窮達如一. 英雄則達便豪侈, 以章得意. 然不以禍終者, 鮮矣.
—「醒言」

가난은 불편하지만 부끄러운 것은 아니다. 가난도 대하는 태도에 따라 청빈淸貧과 적빈赤貧이 갈린다. 가난과 역경을 딛고 일어서 부귀하게 되는 것은 기쁘고 자랑스러운 일이다. 그렇다고 가난했던 날의 기억을 다 지우려고만 드니 그것이 문제다. 가난했다가 부자가 된 사람이 가난한 사람에게 더 모질게 대한다. 전에는 그렇게도 원망했던 일을 남에게 아무렇지도 않게 한다. 조금 살 만하게 되었다고, 집부터 크게 옮기고 차를 바꾸며 위세를 부리는 사람은 결국 얼마 못 가 다시 제자리로 내려앉는다. 빈천과 궁달에 따라 사람이 바뀐다면 그릇이 크지 않은 것이다.

학문이 도가 되는 것은 음식으로 치면 소나 말 같은 고기와 같다. 무당이나 의원, 그리고 온갖 물건 만드는 것도 어느 것이고 학문이 아니겠는가만, 유학이 다만 으뜸이 된다. 하지만 옛날에 학문으로 여겼던 것은 예禮와 악樂, 활쏘기와 말타기, 글씨와 셈처럼 모두 사람들에게 실용적인 것들이었다. 지금은 예는 통례원通禮院의 아전이, 악은 장악원掌樂院의 악공이 맡는다. 활쏘기는 훈련원訓練院의 한량이, 말타기는 사복시司僕寺의 이마理馬가 담당한다. 글쓰기는 사자관寫字官에게 맡겨두고, 셈은 호조戶曹의 계사計士의 소관이다. 유자는 애초에 간여하지 않으면서, 다만 성명性命이나 천도天道 같은 공자께서도 드물게 말씀하셨던 것만 표방한다. 이를 일러 도학이라 하며 세상에 대고 떠들어댄다. 어린아이조차도 모두 능히 이를 말하지만, 실용적인 것은 아무짝에 쓸모없는 것으로 본다. 삼대의 풍속을 대체 어디서 다시 볼 수 있겠는가?

學之爲道, 猶芻豢之於飮食也. 巫醫百工, 孰非學哉, 儒特爲之宗也. 然古之爲學也, 禮樂射御書數, 並人之實用也. 今則禮屬之通禮院史, 樂屬之掌樂院工, 射屬之訓練院閑良, 御屬之司僕寺理馬, 書屬之寫字官, 數屬之戶曹計士, 而儒則無與焉. 特標其性命天道夫子之所罕言者, 謂之道學, 而倡之

世, 童幼皆能言之, 而實用則視若弁髦, 三代之俗, 安從以復見之耶.
―「醒言」

고상함만 찾다가 실용과 담을 쌓고 멀어진 것이 학문이다. 현실에 조금도 보탬이 되지 않는 이론, 무슨 말인지 도대체 알 수 없는 논리, 저만 알고 저희끼리만 통하는 언어, 얼핏 보면 근사한데 찬찬히 보면 아무것도 아닌 허세와 과장, 이런 것이 학문의 이름으로 여전히 행세한다. 쓸모를 말하면 상아탑을 모욕한다 하고, 실용을 외치면 속물로 몰아세운다. 백날 얘기해봐도 결론이 나지 않는 성명性命과 천도天道는 이제 지겹다. 고상함을 가장한 말장난은 이제 신물이 난다.

천도와 인사

넘치는 것은 덜어내고 겸손한 자를 보태주는 것은 하늘의 도리[天道]다. 하지만 북돋워 길러주고 엎어진 것을 기울게 하는 것 또한 하늘의 이치다. 군자가 무엇으로 기준을 삼을 것인가? 대저 겸손한 자를 보태주는 것은 바로 북돋워 길러주는 것에 해당하고, 가득 찬 것을 덜어내는 것은 엎어진 것을 기울게 하는 것이다. 앞의 것은 하늘의 도리를 가지고 말한 것이고, 뒤의 것은 사람의 일[人事]을 가지고 한 것이다.

虧盈益謙, 天道也. 然栽培傾覆, 亦天理也. 君子安所取準哉. 大抵益謙卽栽培, 而虧盈亦傾覆也. 彼以天道, 而此則人事也.
―「醒言」

넘치는 것은 빼앗아 덜어낸다. 겸손한 자에게는 부족한 것을 보태준다. 공평하다. 잘하는 자를 더 북돋워주고 엎어져가는 것에 쐐기를 박기도 한다. 하늘의 섭리는 단순치가 않다. 『주역』은 "가득함은 덜어냄을 부르고, 겸손은 보탬을 준다滿招損, 謙受益"고 했다. 바른길을 가면 하늘은 더 보태주지만, 허튼 길을 가면 하늘은 나머지마저 무너뜨려버린다. 하늘의 길과 인간의 일이 다른 것 같지만 가만히 보면 맥락이 통한다.

治亂

평범과 비범

봉황과 기린이 세상을 빛나게 하나
백성을 이롭게 하기는 어찌 소와 말만 하겠는가.
수놓은 무늬가 몸을 사치스럽게 해도
사람에게 편하기야 어찌 무명과 같겠는가.
술이 여럿을 기쁘게 하지만
몸에 유익하기로는 어찌 밥과 반찬만 하겠는가.
문장이 나라를 빛나게 하나
때에 맞기로 말하면 어찌 일로 공을 세움과 같겠는가.

鳳麟所以輝世, 而利於民也, 豈若牛馬. 文繡所以侈躬, 而便於人也, 豈若布
帛. 酒醴所以合歡, 而益於體也, 豈若飯饌. 文章所以華國, 而適於時也, 豈
若事功. ―「醒言」

사람들은 평범한 것의 고마움을 모른다. 날마다 신기하고 괴상한 것만 쫓아다닌다. 겉보기에 근사한 것 치고 실속 있는 것이 없다. 당장 입에 맞는 것 중에 몸에 좋은 것이 드물다. 화려한 것은 실용과 거리가 멀다. 저마다 겉만 번드르하고, 입에 딱 맞으며, 당장에 그럴듯한 것만 찾다 보면 바탕이 부실해져서 기초가 무너진다. 곰발바닥이 어찌 매일 먹을 수 있는 음식이겠는가? 비단 옷이 어찌 날마다 입을 수 있는 옷이란 말인가? 좋은 것만 찾고, 비싼 것만 구하며, 사치한 것만 지니려는 것은 매일 먹는 음식이라 하여 밥을 거들떠보지 않는 것과 같다.

입장

천하를 얻으려는 자가 항거하는 자를 잘라내고, 붙좇는 자에게 상을
내리는 것은 당연하다. 하지만 천하를 얻고 나서는 절의를 지켜 죽
은 자를 포상하고 신하로 복종한 자를 천시하지 않는 경우가 없다.
원수를 추장推獎하는 것은 내 편의 사람을 가르치기 위해서고, 공을
세운 사람에게 상을 주는 것은 그 마음을 의심해서이다. 이는 바로
옛말에 이른 바 "남의 편일 때는 자기를 좋아하게 하려고, 자기 편
일 때는 남을 욕하게 하고 싶어한다" 는 것이다.

得天下者, 剪捍拒而賞歸附, 固其常也. 然及其得之也, 未嘗不褒節義而賤
臣僕也. 獎讐, 所以風我人也. 賞功, 乃或疑其心也. 正古語所謂在人則欲其
悅己, 而在己則欲其罵人也. —「醒言」

처지가 바뀌면 입장도 달라진다. 일을 이루려면 반대자편을 꺾고 제 편을 결속시켜 한 방향으로 나아가지 않을 수 없다. 막상 얻고 나면 반대편을 보듬어 안느라 제 편에 소홀하기 쉽다. 적의 절개를 칭찬하여, 자신에게도 이와 같은 충성을 해야 한다고 암시한다. 공을 세운 이들에게 상을 내려, 혹여 딴마음을 먹지 못하게 쐐기를 박는다. 이 저울질을 소홀히 하면 어렵게 이룬 공이 엉뚱한 곳에서 허망하게 무너지고 만다.

是非

시비

髮集序

悲發於甚言擇於甚言墓

是非

배움과 벼슬

배움은 자기를 위하는 것이고,
벼슬은 남을 위하는 것이다.
하지만 자기를 위하는 것이 남을 위하는 것이고,
남을 위하는 것이 자기를 위하는 것이다.

學者爲己, 仕者爲人. 然爲己所以爲人, 爲人所以爲己.
ㅡ「質言」

공부는 자기를 위해 하고, 벼슬은 남을 위해 한다. 하지만 사람들은 남을 위해 공부하고, 자신을 위해 벼슬한다. 부모를 위해 공부하고, 부자 되기 위해 공부하고, 높은 사람 되려고 공부한다. 공부에 나는 없고 남만 있으니 그 공부가 헛돈다. 그러다가 조금만 뜻대로 안 되면 세상 탓하고 부모 탓하고 환경 탓한다. 공부를 더 할수록 인간이 나아지는 것이 아니라, 자꾸 치우쳐 외곬수가 된다. 이런 공부는 헛공부다. 세상을 위해 벼슬하는 것이 아니라, 일신의 명예와 영달을 위해 벼슬한다. 섬기는 자리에서 섬김을 받으려 들고, 귀를 기울이지 않고 입으로 떠들기만 한다. 그래서 남을 위하지 못해 자신을 망친다. 자기를 위하지 못해 남까지 괴롭힌다. 나를 위하는 것이 남에게 덕이 되고, 남을 위하다 보니 내게 오히려 보탬이 되는 그런 학문, 그런 벼슬을 살아야 한다. 우리가 공부를 하는 까닭은 이 분간을 잘하기 위해서다.

두려운 사람

숙종 임금께서 일찍이 말씀하셨다. "나이 오십의 궁한 선비와 나이 젊은 과부는 나 또한 두렵다." 훌륭하도다. 임금의 말씀이여. 두려워할 바를 아셨도다.

肅廟嘗曰: "五十窮儒, 靑年寡婦, 予亦畏之." 大哉王言. 知所畏矣.
―「醒言」

나이 오십에도 아무것도 이룬 것 없이 선비의 이름만 꿰차고 있는 사람이 나는 무섭다. 그는 작은 재물로 유혹해도 금세 뜻을 꺾고 못하는 짓이 없다. 한번 돈 맛, 권력 맛을 들이면 물불을 가리지 않는다. 늦게 배운 도둑질에 날 새는 줄 모른다. 청상과부도 나는 겁난다. 젊은 육체는 유혹 앞에 불안하다. 작은 일렁임 앞에서도 속절없이 무너진다. 세운 뜻은 없이 명색만 지닌 것이 나는 두렵다. 실속도 없이 체면치레나 하는 사람들이 나는 무섭다. 그들에게 명분은 언제고 헌신짝처럼 버릴 수 있는 그 무엇인 까닭이다.

늘 지녀야 할 마음

도는 잠시라도 벗어나서는 안 된다. 어찌 도만 그렇겠는가? 내가 삼가 이를 넓혀 말한다. "선비여! 뜻은 잠시도 게으르면 안 되고, 배움은 한때라도 그만두면 안 된다. 나라여! 환란은 잠시도 잊어서는 안 되고, 법은 한때라도 해이해서는 안 된다."

道不可須臾離, 豈惟是哉. 余謹廣之曰: 士歟! 志不可頃刻怠, 學不可時日捨. 國歟! 亂不可頃刻忘, 法不可時日弛.
—「醒言」

잠시라도 도를 벗어나면 인간의 길에서 멀어진다. 공부하는 사람은 뜻을 다잡아 게으름을 허용하지 말아야 한다. 쉼 없이 배워 부지런히 익혀야 한다. 나라를 다스리는 위정자는 환란의 때를 잊지 않고 늘 대비해야 한다. 법질서는 이랬다저랬다 해서는 안 되고 한결같은 잣대로 엄정히 집행하지 않으면 안 된다. 작은 성취 앞에 쉬 게을러지거나, 공부를 하다 말다 해서는 아무것도 이룰 수가 없다. 환난을 쉽게 잊고, 편의에 따라 법을 적용하면 나라가 금세 어지러워진다.

是
非

교만과 게으름

어떤 이가 물었다.
"그대도 미워하는 이가 있습니까?"
내가 말했다.
"있소. 부귀하면서 교만한 자, 가난하고 천하면서 게으른 자를 미워하오."

或問: 子亦有惡乎? 曰: 有. 惡富貴而驕, 貧賤而惰者.
—「質言」

알량한 부귀를 지녀 제멋대로 구는 것처럼 가증스러운 것이 없다. 힘 좀 있다고 으스대는 꼴처럼 미운 것이 없다. 저보다 약한 사람에게 함부로 대하는 것은 인간이 덜 된 증거다. 이런 자들일수록 저보다 더 큰 부자, 더 큰 권력 앞에서 아양을 떨고 체면을 잃는다. 못하는 짓이 없고, 안 하는 말이 없다. 하지만 더 가증스러운 것은 가난하여 멸시받고 천하여 남의 부림을 받으면서도 향상의 욕구마저 잃고 나태의 타성에 젖어 밥벌레로 사는 인간들이다. 그들은 빈천을 숙명으로 알고, 천대와 조롱을 그러려니 한다. 이런 자들 때문에 교만한 자의 기세가 한층 더 높아진다.

학문과 재물

학문은 비유하자면 마음에 해당하고, 재물은 비유컨대 위胃와 같다. 마음에 병이 있으면서 산 사람은 보았으나, 위장이 망가지고서 산 사람은 아직 보지 못했다.

學譬之則心也, 財譬之則胃也. 見有心病而生者, 未見胃敗而生也.
—「醒言」

마음과 육신이 다 튼튼해야 건강하다. 마음이 병들면 허우대가 멀쩡해도 허깨비로 사는 것이다. 육신이 병들면 마음마저 덩달아 허물어진다. 공부로 마음을 기르고, 재물로 육신을 기른다. 사람들은 공부하지 않아 마음이 병드는 것은 대수롭지 않게 생각하면서, 재물이 없어 육신이 곯는 것은 차마 못 견뎌한다. 사람이 돈벌이에 혈안이 되어 공부를 뒷전으로 밀어내는 까닭이다. 밥을 못먹으면 당장 살 수가 없지만, 마음의 병은 당장에 큰일이 생기지는 않는다.

지극한 즐거움

눈앞에 보기 싫은 사람이 없고,
마음속에 불평한 일이 없는 것,
이것이 평생의 지극한 즐거움이다.

眼前無不好人, 肚裏無不平事, 是爲平生至樂.
―「質言」

보는 사람마다 꼴 보기 싫고, 하는 일마다 마뜩찮으면 지옥이나
다를 게 없다. 나는 문제 없는데 남이 문제고, 나는 늘 옳은데 세
상은 항상 그르다. 불평이 늘고 불만이 쌓이면 즐거움은 사라진
다. 어찌해야 싫은 사람 하나 없고 불평한 일 하나 없는 그런 삶을
누릴까? 내 마음을 고쳐먹으면 된다.

是非

두려움과 이욕

아이가 울 때 호랑이가 온다고 겁주면 울음을 뚝 그친다. 병아리가 막 알을 까고 나왔을 때 솔개가 떴다고 겁주면 납작 엎드린다. 어린아이가 어찌 범을 알며, 병아리가 어찌 솔개를 알겠는가? 다만 죽음을 겁내고 삶을 기뻐하는 성품을 하늘에서 받고 태어났기 때문일 뿐이다. 하지만 재앙과 패망이 사람을 해치는 것은 어찌 다만 범이나 솔개 정도이겠는가? 병아리는 두려워하나 사람은 겁낼 줄을 모르고, 어린아이는 겁내지만 어른은 무서워하지 않는다. 두려움을 알지 못해서가 아니라 이욕에 가리워졌기 때문이다.

婴兒啼哭, 懼之以虎則止. 鷄纔離殼, 人嚇之以鳶叫則伏. 婴兒安能知虎, 鷄鷇安能知鳶哉. 特畏死樂生之性, 天付之生也. 然禍敗之憯人, 豈直虎與鳶哉. 鷄鷇則畏, 而人則不知畏, 婴兒則畏, 而長則不知畏. 非不知畏, 利欲蔽之也. ─「醒言」

이익 앞에서 사람들은 물불을 가리지 않는다. 눈에 뵈는 게 없다. 저 죽을 줄 모르고 달려든다. 그것이 덫이요, 올가미인 줄 알았을 때는 이미 때가 늦었다. 어린아이와 병아리는 오히려 무서운 줄을 아는데, 이욕에 사로잡힌 인간에게는 두려움이 없다. 두려움을 모르는 것은 호랑이나 솔개보다 더 무서운 재앙이다. 낮출 줄 모르고 엎드릴 줄 모르면 마침내 범의 이빨에 물어뜯기고, 솔개의 발톱에 낚아채인다. 그런데 재앙의 이빨과 패망의 발톱은 예상치도 못한 순간에 내 발목을 물어뜯고 뒷덜미를 낚아채가니 문제다.

是非

곰과 범

곰의 힘은 범보다 배나 된다. 하지만 범과 만나면 잡아먹힌다. 범은 민첩한데 곰은 둔하기 때문이다. 곰이 범과 만나면 문득 싸운다. 몸을 솟구쳐 나무를 꺾는데, 썩은 가지 부러뜨리듯 쉽게 한다. 눈을 감고 분을 내어 한 번 쳐서 안 맞으면 또한 두 번 쓰지 않고, 다시 솟구쳐 나무를 꺾는다. 맞았다간 반드시 박살이 나겠는데, 범은 교묘하게 피하면서 이리저리 뛰면서 곰의 시선을 어지럽힌다. 마침내 곰의 힘이 다하게 되면 범의 먹이가 되고 만다. 곰이 죽는 것은 힘이 떨어져서이다.

熊之力, 倍於虎. 然遇之則禽焉, 虎捷而熊鹵也. 熊遇虎輒鬪, 騰而折木, 易於拉朽枝柯, 蔽眦奮鬣, 一擊不中, 亦不再用, 復騰而折之. 撞則必糜. 虎乃巧避, 東西跳擲, 雜眩熊視, 卒之熊力盡, 而遺虎食焉. 熊之斃, 困於力也.
　—「醒言」

제힘만 믿고 날뛰면 제풀에 지쳐 나가떨어진다. 힘이 세서 이기는 것이 아니라 머리를 잘 써야 이긴다. 못난 사람이 힘만 믿고 설쳐댄다. 힘센 사람은 결국 머리 좋은 사람의 부림을 당하다가 힘이 빠지면 잡아먹히고 만다. 곰은 범보다 곱절이나 힘이 세지만, 싸우기만 하면 번번이 범의 먹이가 된다. 나무를 분질러 제힘을 과시하느라 상대에게 치명상을 입히는 데 소홀했다. 당장의 기염만 토할 줄 알았지, 금세 닥칠 치명적 위협에 대해서는 등한했다. 제힘이 언제까지고 빠지지 않을 줄만 여겼다.

광견

공자께서 제멋대로 구는 광狂과 고지식한 견狷을 취함에 있어서, 견을 광의 다음에 두었다. 그러나 후세 사람들이 인재를 취함은 의당 견을 먼저로 하고 광을 뒤에 하니 어찌된 셈인가. 대저 스스로를 지키는 사람은 허물이 적고, 나아가 취하는 사람은 과실이 많다. 이것이 광과 견의 구별이다. 그런 까닭에 견의 잘못은 편협한데 불과하나, 광의 실수는 반드시 방탕함에 이르게 된다. 어찌 세교에 해가 되기에 충분하지 않겠는가?

孔子之取狂狷, 狷固狂之次也. 然後世之取人, 宜先狷而後狂, 何哉. 夫自守者寡過, 進取者多失. 此狂與狷之別也. 故狷之失, 不過隘也, 狂之失, 必至於蕩, 豈不足爲世敎害哉. —「醒言」

광자狂者는 호기를 부려 멋대로 구는 사람이다. 견자狷者는 곧이 곧대로만 하는 고지식한 사람이다. 공자는 고지식함보다 호방함에 점수를 더 주었다. 하지만 후세 사람들은 자기 울타리를 지키는 사람을 좋아하고, 함부로 나대는 사람을 싫어한다. 견자는 답답하지만 큰일을 저지르지 않는 데 반해, 광자는 제멋대로 굴어 큰일을 만들기 때문이다. 하지만 창조의 에너지는 견자가 아닌 광자에게서 나온다. 규격대로만 해서는 아무것도 이룰 수가 없다. 이것이 공자께서 광자를 우선하신 까닭이다. 하지만 시스템으로 돌아가는 조직에서 광자의 호기는 걷잡을 수 없는 문제를 낳는다. 견자의 고지식이 복지부동伏地不動으로 흘러서야 곤란하겠지만.

이해할 수 없는 일

내가 평생 곰곰이 생각해봐도 이해할 수 없는 것이 두 가지 있다. 내가 단 하루도 책을 보지 않은 날이 없지만, 일이 능히 이치에 합당치 못하고, 마음이 일을 제대로 처리할 수 없었던 적이 많았다. 저 사람은 일년 내내 한 글자도 읽지 않으면서도 일마다 스스로 이치에 합당하다고 여기니, 무슨 공부를 해서 그런 것인가? 내가 스스로 반성해보면 때때로 낮고 더러워서 천한 하인에게조차 부끄러운 점이 많다. 하지만 남들이 나를 볼 때 면목이 가증스럽다고 생각하지는 않는다. 저 남에게 미움을 받아 언행과 모습이 나쁘다고 손가락질 받는 자들은 그 마음이 마땅히 어떤 모양일까? 바로 갈라서 살펴보고 싶지만 그럴 수가 없다. 이 두 가지는 참으로 이해할 수가 없다.

吾平生有積思而不能解者二. 吾未有一日不看書, 而事未能當理, 心未能率事者多. 彼終年不讀一字, 而事事自以爲當理者, 用何工夫而然也. 吾之內省, 有時汚下, 愧諸賤隷者多. 然人之視我, 姑不以爲面目可憎. 彼其見惡於人, 目以言貌不吉者, 其心當作何狀. 直欲剖視之, 而莫之能也. 二者誠不可解也. —「醒言」

하루라도 책을 읽지 않으면 입안에 가시가 돋는 듯하고, 일 처리도 어근버근 미타미타하다. 가만히 자신을 되돌아보면 얼굴이 홧홧해서 고개를 들 수 없는 때가 많다. 책은 읽어 무엇에 쓰느냐고 묻고, 남에게 미움 받을 짓만 골라 하면서도 부끄러운 줄을 모르는 인간은 대체 어떤 인간인가? 책은 영혼에 물을 주고, 반성은 삶에 윤기를 준다. 바짝 말라 먼지만 풀풀 나는 땅에는 어떤 생명도 깃들지 않는다. 윤기는 생기生氣다. 윤기 없는 삶의 표정은 팍팍해서 쩍쩍 갈라진다.

가르침의 방법

글솜씨가 형편 없는 사람이 반드시 작문의 방법에 대해 잘 말한
다. 집안을 망치는 자가 언제나 집안 다스리는 꾀에 대해 떠들어
댄다. 다만 그들이 말하는 것은 모두 힘은 적게 들이면서 보람은
많이 얻는 것들이다. 절대로 나이 젊은 사람들에게 가까이 익히
게 하면 안 된다. 그 말은 귀에 쏙 들어오지만 반드시 그 해를 입
게 된다. 모든 일은 어려움을 먼저 겪은 뒤에 얻게 되는 법이다.
농사를 가르칠 때는 일찍 밭 갈고 남보다 먼저 김매는 것으로 가
르쳐야 한다. 글을 가르칠 때는 많이 읽고 많이 써보는 것으로 가
르쳐야 한다. 이것이 참으로 일을 아는 사람이다.

拙文者, 必工言作文之方. 敗家者, 必工言幹家之術. 第其所言, 皆用力寡而
得功多者也. 切勿使年少輩, 親習之也. 其言易入, 必中其害. 先難後獲, 何
事不然. 敎農以早耕早耘, 敎文以多讀多作, 是眞解事者也.
―「醒言」

요령을 가르치지 말고 성실을 가르쳐라. 빨리 이루는 방법 대신 천천히 오래 가는 길을 익히게 하라. 고생 없이는 거둘 보람이 아무것도 없다. 세상에 공짜가 어디 있는가. 특히 젊은이들은 남보다 고생하지 않고 쉽게 얻는 길을 바라보면 안 된다. 제힘으로 보고, 시간 걸려 익히며, 나름대로 보고, 제대로 살펴야 한다. 그래야 오래 가고 그래야 내 것이 된다. 우연히 얻은 행운이 나를 망친다. 손쉽게 얻은 재물이 사람을 망친다. 고생 끝에 얻어야만 그 보람이 차지고 오래간다.

是非

난세는 치세의 바탕이다.

망국은 흥국의 토대다.

소인은 군자의 밑천이며,

탐욕스런 사람은 절개 있는 선비의 거울이다.

용렬하고 더러운 관리는 곧고 선량한 관리의 본이다.

난신적자亂臣賊子는 충신과 효자의 기댈 바다.

亂世治世之資也, 亡國興國之資也, 小人君子之資也, 貪夫節士之資也, 庸
官汚吏循良之資也, 亂臣賊子忠孝之資也.

―「醒言」

난세를 거울 삼아 치세를 연다. 망국의 쓰린 체험을 잊지 않아야 나라를 새로 일으킬 수가 있다. 소인의 행동을 자신에게 돌이켜 볼때 군자의 기상이 깃든다. 다른 사람의 탐욕스런 행동에서 곧은 선비의 절개가 생겨난다. 무능한 탐관오리들의 원성 속에서 어진 관리의 명성이 퍼져 나간다. 난신적자 없는 충신효자는 빛이 바랜다. 나쁜 것에서 좋은 것이 비롯되고, 좋은 것에서 나쁜 것이 싹튼다. 무조건 나쁘고 다 좋은 것은 없다. 좋은 것에서 본받을 점을 찾고, 나쁜 데서 교훈을 배우는 것은 사람만이 할 줄 안다. 실패는 성공을 위한 밑바대다. 역경을 돌려 순경順境으로 바꿀 수 있어야 한다. 시련 앞에 그저 주저 물러앉으면, 내가 써먹을 밑천을 다 까먹는 것과 같다.

성대중 처세어록

1판 1쇄 발행 2009년 1월 30일
1판 3쇄 발행 2013년 6월 28일

지은이 l 정민
펴낸이 l 김이금
펴낸곳 l 도서출판 푸르메
등록 l 2006년 3월 22일(제318-2006-33호)
주소 l 서울시 마포구 연남동 568-39 301호(우 121-869)
전화 l 02-334-4285~6
팩스 l 02-334-4284
전자우편 l prume88@hanmail.net
인쇄 · 제본 l 한영문화사

ⓒ 정민, 2009

ISBN 978-89-92650-18-2 03810

이 도서의 국립중앙도서관 출판시도서목록(CIP)은 서지정보유통지원시스템 홈페이지
(http://seoji.nl.go.kr)와 국가자료공동목록시스템(http://www.nl.go.kr/kolisnet)에서 이
용하실 수 있습니다. (CIP제어번호 : CIP2013007160)